「獻給本書的第一個讀者——我的丈夫李歐梵」

女人，
你的名字是強者。

李子玉 著

前言：女人的故事

李子玉

近年來我忽然愛上了寫作這回事，正好賦閒在家，沒事找事做，於是寫了這本小書。十多年來一直在保險公司做事，平素接觸的客戶多，交往的過程往往是：初則純粹在商言商，生意做成之後就變了朋友，其中不乏投緣的，更是無話不談，自然成了知心好友了。就在這樣的情況下，我交了許多女性朋友，當然也有男性的，但能夠說貼心話的，似乎同性的又較異性的為多。

人海萬花筒，各人頭上一片天。《香港屋簷下》是六十年代中聯公司的一部粵語電影，說的是人間悲歡離合的故事。我的這些女朋友們不也大多都是香港人海中的細碎花粒，都各自頂著一片青天，她們生活中所發生的事蹟，無不感人肺腑，令我一掬同情之淚。偏偏自身又是個極之感性的人，對於她們的不幸遭遇，聽後藏在心裡，總讓我有種忿忿不平的感覺。以往還未開始寫作之時，這種心靈的疙瘩感是無法去除的，於是越積越多，到後來倒有了麻木的傾向。可能是疙瘩的細胞堵住了我的心靈，我成了個不易哭泣的女人。

記得千禧後的一個秋天，我抑鬱症初癒，決定把多年患此病的經過及克服患病的心得公諸於世，遂與丈夫李歐梵合力寫成了《過平常日子》。從此，我涸竭多年的心田又得到了滋潤，原來呆滯的情緒再次躍動了起來，淤塞已久的細胞也暢通無阻地感到喜怒哀樂了。在平常的日子裡，我每能被當時幸福的感覺逗得流下淚來。晚上和丈夫在家欣賞影碟時，看到悲苦片段，往往忍不住淚流滿臉，累得丈夫在旁亂了手腳，連忙勸慰說：「老婆，這是假的，快不要哭。」

二〇〇三年夏天，我媽媽經歷久病之後去世了。她臨終前，我們曾經有過好幾次的真情對話，懺悔的言辭像一道激盪的清流，沖走了積存在彼此心中的愧疚沙石子，回家後我還把它寫成一篇篇的文章，記下我所見所想。到了她離我而去之時，我的心湖竟是澄靜如鏡。面對著一張張原稿紙，我把我所思所想的話語，一一記下來，平時不善用說話來表達的東西，都能藉著筆端盡情傾吐出來。沒想到我對媽媽的複雜感情也挑起我的創作慾望，不知不覺之間，竟然也為她寫了不少文章，加上我對外婆的回憶，幾乎可以出另一本書了。

我認為寫作是最好的心理治療。我畢竟是個有年紀的人，人生路上遇過的人著實不少，尤其是女性，我總可以用感同身受的心情去了解她們的處境，也就編成了一篇篇的故事。這些事蹟大多是真正發生過的，但為了尊重個人隱私的原則，把姓名都改換了，卻不失其真實性；也有幾個故事是我根據真人真事變造出來的小說。

英國著名文學家莎士比亞有這樣一句名言：「弱者，你的名字是女人！」

我以他這句話作為這本書的引入，卻又改為一個問句；而書名則改為《女人，你的名字是強者。》。故意在這兩句用上對應的用意十分明顯，我不想替書裡的五十二位女性定位誰強誰弱，把定奪權留給讀者好了。我只希望讀者願意給我幾個鐘頭的功夫，聽聽我說肚子裡傾倒出來的「古仔」，並以「暖酒聽炎涼，冷眼參風月」的態度來聽，情緒就不至於受故事中人的悲慘遭遇所影響。

最後我要感謝我的丈夫歐梵給我的鼓勵，更幫助我文章的校對工作，也費心給我提供修辭的意見；還有友人季進教授和歐梵的博士生陳曉婷，為我把故事輸入電腦去，我在此致以由衷的感激。

小序

李歐梵

數年前子玉寫的這篇前言，沒有提到一件最近發生的事：約在三年前，她的抑鬱症又再次復發了，而且與前不同，似乎是一種焦慮症。本以為這一次是小問題，看了醫生可以很快治癒，沒想到斷斷續續、時好時壞，竟然拖了三年之久。我想盡各種辦法幫助她，似乎都歸無效，不料她自己找到了一個自我紓解的方法：大概一個多月前，子玉突然從書房走到客廳，手裡拿著一個卷宗，裡面夾著一大堆寫得密密麻麻的稿紙，亂七八糟，放在一起，一邊略帶興奮地說：「我找到了不少文章，都是以前寫的，連我也不記得了，都是些短篇的故事，你先看看，說不定有讀者喜歡？」我看她的面色，稍帶紅潤，語氣也有點和往常不同。

我翻看這些文稿，發現幾乎篇篇字跡清晰，顯然是修改重抄過的，雖然有幾篇需要一點「加工」。於是我鼓勵她繼續寫下去，不料她靈感如泉湧，一發不可收拾，每天不停地寫，寫完了就拿來給我看，並迫著我修改。子玉寫作有一個怪癖，寫完了自己從來不看一遍，她說這是她的「自動寫作」。藉此抑鬱症復原時期，我不敢和她爭辯，不過還是提醒她：古今中外從來沒有任何作家像她這樣的寫法！據我所知，大多數的作家，譬如我的老同學白先勇，往往為了找到文章的語氣和敘事方式，不惜修改十數次之多。她哪裡肯聽，依然我行我素，每天從早寫到晚，我又擔心她的眼睛剛做過割白內障的手術，需要休息，勸她不要寫太多，她更是當作耳邊風。我發現自己也自相矛盾，一方面鼓勵她寫，另一方面又怕她寫多了傷了眼睛，還是隨她去吧，至少可以把寫作當作一種自我治療。她最近寫的三十多篇小說，就是在這個特殊的心理環境下寫出來的。我刪去了內容稍嫌隱晦的幾篇，剛好湊成五十篇。

子玉的文章——小說也好，散文也好——都是和日常生活有關，寫的都是身邊瑣事。此次她把自己的生活退居次位，而把她認識的女性朋友的人生經驗放在前台，書中幾乎每一個人都有受苦受難的經歷。然而，受盡了人生的折磨之後，她們最後還是活過來了，所以，到底女人——你的名字是弱者還是強者？答案自明。

子玉小說中的女人都是以結婚為歸屬，遇人是否不淑成了慣常的主題，很少提到當今女性主義理論所揭櫫的個體獨立和顛覆男性霸權，雖然字裡行間，不時流露出對中國女性千年來所受的壓迫和壓抑的忿忿不平。這不是什麼驚人的道理，但經由子玉娓娓道來，連我這個大男人也禁不住感動。她的行文和敘事方式自成一體，靈感來自她讀過的大量晚清小說和看過的粵劇，她的語言既不是五四式的白話，也不是北京官話，而是廣東式的文白夾雜的語體文，至少這是我的看法（見附錄）。因此在修正她的文字的時候不敢多作潤飾，盡量保留她原來的行文方式，保持原汁原味，不能炒得太熟，甚至鼓勵她用章回小說式的標題，讀來別開生面。

子玉的文章基本上樸實無華，修辭幾乎沒有任何修飾，這種風格成了她的「商標」，她以前出版的兩本書：《細味人生——食物的往事追憶》和《憂鬱病，就是這樣》可以作為代表。作為她的第一個讀者（而且是男性讀者）我不能以自己的學術理論來「檢驗」子玉的寫作技巧。她是一個業餘作家，寫作是她的興趣，不是她的職業，她再三對我說，她寫作既不為名、也不為利，而是為了對自己有個交代。因此和她談什麼敘事角度、文體結構、描述細節等等技巧，似乎都與她無關。我曾經和她約法三章：她是我的妻子，不是我的學生，我們夫妻平等，我完全尊重她的「主體性」，所以不願向她灌輸文學理論和小說技巧，反正她聽而不聞，依然我行我素。

作為子玉的親人，我當然偏心，也很擔心。停頓多年後，如今她重操寫作的舊業，並且是在抑鬱症尚未痊癒的心情下寫的，能否維持當年的文風和水準？

以上的「小序」是我的交代，作為子玉「前言」的補記，我知道她自己絕對不會這樣寫的。

二〇二一年十一月二日

目錄

轉念

新生

困厄

她們一生似乎只追求一個目標：結婚生子，組織一個幸福的家庭，過平常日子。然而命途多舛，這些可憐的女人無緣無故地走上受苦受難之路，總是遇人不淑；好端端的女子嫁人後，彷彿進入了另一個殘酷的世界，似乎她們命中注定就要受難。

第一回　北方女　遠適蠻夷地

我外婆是生於十九世紀末年的人，她記得兒皇帝宣統三歲登基的事，不知是她看到的還是聽來的，就當成自己經歷過這門子事，我相信是後者居多。她原籍天津，年幼時父親在天津當官，後來調任南方的廣東省廣州市，她說那時才十歲。我問她父母姓甚名誰，她除了知道父親姓張之外，其他的都忘記得一乾二淨。這也難怪，她是個文盲，不認得字，自然很難把名字記住了。

她雖是個文盲，但三從四德的思想卻深深印在她腦海裡。在我略懂人事之後，常常把這套陳腐的思想傳授給我，她不知道時代已經改變了，那套東西早已不合時宜了。

外婆嫁給外公當然是經過媒妁之言撮合的，外公的出生地是浙江省紹興市，到了而立之年，離開了家鄉，來到廣州市找工作，我想他是個挺有冒險精神的讀書人吧。我想像兩個南腔北調的人，結婚後改操粵語交談，是件頂有趣的事；尤其外婆到了晚年時，偶爾碰見說普通話的人，她總是悻悻然地說：「鬼聲鬼氣的，唔知佢哋講乜！」我會說：「外婆你後生時，又係講這種鬼話嗎？」她回答說：「我唔係呢！」鄉音這回事，對中國人來說，可說是影響至巨的，但外婆卻可以把它忘得乾乾淨淨，我想她是個奇特的人。

如果說外婆幼承庭訓，給她灌輸了很多為人妻女之道，那外婆應該是個溫柔嫻靜、賢良淑德的女性了。但據她說來的行狀舉止，又似乎不太像傳統訓練出來的女性。

外婆婚後只生了一個女兒，還是年紀較大時才生的。外婆說：「我到了生育年齡仍未生子，卻從未想過要替外公立妾，何況你們外公也不敢提出來呢！我年輕時脾氣頗為猛烈，每次我生氣，外公都會往街外跑，不敢招惹我的。後來生了你媽媽，遇上我生氣的時候，外公就立即拉著他的寶貝女兒逛街去，怕我會杖打她。」其實外婆這種易怒的性格，到了她耄耋之年還是沒有完全改過來。我小時候經常會因為不小心打碎一隻碗而被痛打一頓。媽媽有時提起外婆當時打她的情狀，還禁不住懷疑地說：「阿媽如此狠狠地打我，我有時會覺得：佢究竟係唔係生我嘅阿媽？」我沒有這種懷疑精神，卻有一個敏感的心思，我感到外婆所受的精神壓力是很大的，她受女兒之托，照管兩個外孫兒女，生怕我們學壞，故特別嚴厲地對待我們。她沒有受過多少教育，總以為杖責就能教好孩子。另外她有很多煩心的事困擾她，我們自然成了她的出氣袋。

外婆雖然目不識丁，但從小就學識了抽煙的玩意，她每次說到自己如何偷偷地躲在閨房的被窩裡學抽煙，總表現出洋洋自得的神態，她接著說：「父親抽大煙（鴉片），我抽的只不過是小煙（香煙）而已，後來嫁了你哋阿公，他也抽大煙，我仍然照樣抽小煙，他有的時候鬧著玩，竟然教你哋媽媽抽大煙，為了這件事，我曾大大地跟佢吵鬧過幾次呢！」結果媽媽隨繼父到了英國後，回到香港之時，也有了煙不離手的習慣，但不抽大煙，也許是受到繼父的影響，但看來外婆的影響力還是最有效的。

外婆的一生，吃了不少苦頭，從我懂事之後，由她的口中說盡了辛酸苦事：「外公死時還不到五十歲，有天他乘黃包車回家，來到巷口預備下車，忽然昏倒在地，被人扶起送到醫院時已經斷氣了。他生前當警察中級人員，為人清廉自守，死後家無恆產，留下我們母女，你媽媽那年才十二歲。我們家又無親無故可以伸出援手。我一個目不識丁嘅女人可以做啲什麼呢？除了同有錢人家幫傭之外，實無其他辦法。帶著女兒到主人家裡住著，工錢低微，冬天以冰凍的水洗刷衣服，十隻指頭都長了凍瘡，再經磨擦之下，血水都流出來了，真是苦不堪言。更慘的是，我年輕時就患上哮喘病，每逢轉換季節，氣喘毛病發作。外公在世時，他服侍湯藥，還可捱得過去，後來聽人使喚，病發起來也都唔可以休息，其中辛苦簡直無法形容。」

外婆雖然是捱盡苦楚，卻沒有把她原有的硬朗性格改變，她時常教導我和哥哥說：「人窮並不一定志短，窮也得有骨氣。」記得我們祖孫三人，在廣州等待去了香港謀生的媽媽寄錢回來接濟，結果等了好幾個月都沒音訊，家中糧食沒有了，家用更不用說。鄰居見我們實在可憐，問我們吃過飯沒有，外婆都答吃過了。後來好心的鄰居跟街坊的執事同志訴說我們的困難，作主替我們申請了救濟金。援助款批下來了，通知外婆去領錢，多年之後，外婆和我們說：「那時執事同志畀我救濟金嘅時候，我成個臉都紅透了，心中感到又羞又怕，怕眼淚忍唔住流下來被人看見笑話，於是故意把頭抬得高高的，不讓淚水流出來。」

我相信她真是個有骨氣的女中丈夫，我們年幼時期全賴媽媽從英國匯款作家用，每逢月底家用短絀不足，外婆也儘量不向人借貸，她平日從工廠裡找些家庭活計，賺到的錢都買下金戒指存起來，必要時拿到當舖裡去抵押，藉此渡過難關。外婆人生得特別嬌小，大概只有五呎不到，她有次到當舖，坐在上面的伙記以為她是小孩子，不願意給她做抵押，我外婆急得罵了他一頓才做成了那宗買賣。她人長得矮小，但自尊心卻特強，她進當舖不願意被熟人看見，每次進去之前，都先左右張望，然後快步入那兒，我則在外面把關。對於這份差事，當時我是個小女孩，覺得十分有趣，現在想起來，其實是件辛酸的往事。假若我和哥哥在那時都已長大成人了，一定會努力賺錢讓她生活過得舒適些兒。但事實是她只享用了我第一次賺錢請她吃的一頓飯，後來不到一個月就忽然間與世長辭了，結束了辛勞而痛苦的一生。

外婆是我生命中最重要的女人，她對我的影響既深且巨；當我還是個混沌未開的小女孩時，她已經開始灌輸一些為人妻女的道理給我，甚至會跟我說究竟結婚是什麼的一回事。她繪聲繪影地跟我描述初夜的情況，在她的形容下，結婚初夜行房簡直是受刑，什麼疼痛啦、什麼流血啦，這都是十分怕人的，但一個初次行房的女人，如果沒有出血的現象，卻又更是糟糕，丈夫會認為她不是處女，而會對她進行大興問罪之師，尤有甚者，會把她遣返娘家的。幼年的我被她說得心驚膽跳，總希望將來自己成婚的當夜可以順利過關，不致被夫家「退貨」。至於生孩子的事，外婆的描述更加嚇人，她常說：「生仔就係同閻羅王做朋友，搞唔好就會一命嗚呼了。」如此可怕的事，我以後誓死也不要生兒育女了。我這生從未生過孩子，外婆的話不無影響的。

至於如何做個好妻子，她當然也有一套說法，盡都是從三從四德的規範中衍生出來的。她時常在飯桌前、床上苦口婆心地教導著我，似乎從來沒有考慮到，時代的巨輪一直不停地轉著，她的那套觀念，已經不合時宜了。但我這渾噩的小妮子，不知不覺也聽進一點兒她的教誨。

但待人接物的方式，和時間卻是沒有多大隔閡的，她的以誠待人、良善、謙讓、淡泊自甘等的德性，也成為我們學習的榜樣。雖然她已物化多年，每次我想到她，都令我思念不已，她那五呎未到的身影，在我仍是小女孩的時候，卻一點兒都不顯得細小，尤其是她一把高而響亮的嗓子，只要她大喊一聲：「妹妹過來！」我全身都會發抖，我知道她又會大大地教訓我一頓了。

第二回　自梳女　獨立求生存

從小到大，我外婆很喜歡跟我說故事。她描述的故事都非常生動有趣，這次她跟我說關於一個自梳女的故事。外婆告訴我她叫梅雅文，我對於自梳女不大熟悉，但在外婆的年代卻是十分流行的。外婆說廣東省有一處城市叫順德，那裡的女人十分照顧家庭，從小便立下志願終身不嫁人，絕大多數都跑到香港或內地的富人家作傭工，把收入寄回順德家裡，照料她們的家人。她們特別擅於煮菜，因為她們從小在家每天跟著媽媽進廚房，學習媽媽做飯的手藝。

外婆跟我說的自梳女的遭遇卻與眾不同，這個故事的情節特別動人，故此事隔二十多年我仍然記得。

話說這位自梳女，到香港時年紀才十八歲，人長得標致可人，在一戶有錢人家裡當家傭，因為她聰明伶俐，得到那家人的賞識，在三位傭人當中，她幾乎成了大管家，大小事務，由她一人分派工作。就是因為她這緣故，十分受到那家人喜愛，尤其是那男主人的喜愛，有一天趁著其他人不在家的當兒，他竟然強姦了她，本來一般的婦女被強暴後都不敢揚聲的，她卻即時報了警，沒料到這家人是名門望族，她這種做法，帶來她日後的悲慘遭遇。

她離開這戶人家之後，在外面找了個居所住下來，準備尋找別的戶主。期間過了一個月，竟然發現自己的月事沒有來，她去見了婦科醫生，檢驗之下，醫生告知，她懷孕了，她登時大吃一驚，為什麼只有一次竟然就「中了招」？本來她當時可以把胎打掉了，乾脆俐落，繼續過她的單身日子，但是她想著胎兒是無罪的，她應該讓他來到人世，給他生存的機會，有了這個決心，她告訴自己要好好活下去。孩子出生後，交托給她友人的媽媽看顧，她才開始找工作。但是尋尋覓覓地到大戶人家求職，都沒有得到僱用，後來她才知悉原因何在，原來她先前的僱主是名門望族，早已「惡人先告狀」，說她是個水性楊花的女人，善於引誘男人。這個說法傳開了，當然沒有人膽敢請她了，尤其是女戶主，更是對她懷有戒心。在這情況下，她被迫得改換行業。

可是她可以做些什麼別的工作呢？因為她沒有受過很多的教育，文化水平不高。她也想到每月得匯錢給家人，沒有她供養，他們生活可能成問題。在無計可施之下，她想到自己除了有雙巧手之外，還有一把悅耳的嗓子，於是她到當時流行的歌壇唱歌。當兒去聽歌的人，有男人也有女人，一般男士佔多數，在絲竹管弦之下，男子有些是「醉翁之意不在酒」，有些是去捧歌女的；遇上她這樣漂亮的女人，常有許多垂涎她美色的人，時常借故約會她，經過先前男戶主的誘姦之後，她對男人有戒心了。為了自己不再受欺凌，她只好辭去歌壇的工作，再次另謀差事，在這當兒她任何工作都願意去應徵。終於有一天她找到一椿在貿易公司的工作，在那兒當打掃女工，以為從此可以安定下來了。豈料天不從人願，公司的主管得悉，公司的財物被人偷竊了，在查問眾多同事之後，沒有一個人出來承認，由於她的工作最低下，大家認為一定是她幹的，在辯無可辯之下，她被送到警察局查究了，雖然沒有找到證據，但查問的過程很長，她無故被拘留了一個晚上。這個經驗令她對人完全失去信心，有好一陣子，她志氣消沉，終日在家照顧嬰兒，但是沒有收入，反復受到順德家人的責難。她身心受壓之餘，曾經想過一死了卻殘生，但回心一想，嬰兒缺人照料，於是她再次站起來，咬緊牙關活下去。幸而照料她孩子的友人媽媽知悉她沒有收入，也沒有迫她繳交托養費，還不時借給她一些錢，渡過難關，於是她對人失去的信心又回復了。她有空時常到孤兒院做義工照顧院裡的小孩，她了解乏人看顧的兒童是多麼的可憐，慶幸自己的孩子有好心人關愛，自己也該付出一些愛心，效法友人的媽媽。曾經有一次，院中的兩個孩子生病了，她被院長責罵，說她不夠盡心盡力看顧，她只好道歉，在往後的日子裡，她特別警惕自己，加倍用心。在院中有一個和她一起同做義工的男人，看來人品不錯，平素照料孩子也很用心，他們相處愉快，在閒暇時時常聊天，在枯燥的工作環境中取得不少的樂趣。她覺得彼此志趣相投，逐漸對男子的戒心減少了，工餘之暇，她偶然也接受那義工的邀約，到外面飲茶。沒有想到有一次見面的時候，他竟然向她求婚，她當時沒有答應，因為自己立意是不嫁人的，怎麼可以變志呢？但是在他多次提出之後，她被打動了，開始覺得她的孩子日漸長大，也需要有一個爸爸照顧他，於是在他多次哀求之後答應了，過了不久他倆共結連理。初時相處得還可以，誰知過了不久，丈夫的本性畢露，她常被丈夫虐打，而且是沒有理由的，簡直是心理變態。她求救無門，只好離開了他，帶著兒子生活，又回復單親媽媽的日子。

以後她的去向如何，外婆沒有告訴我，起初我覺得她的個人遭遇太不幸了，她為了生活受盡折磨，最後落得如此下場，但現在想起來她其實是受當時的環境所迫，沒有太多選擇，最後還是吃盡苦頭。若要當個真正的強女人，並不是這麼容易的事，但我為什麼要把她的故事放在這部書裡呢？只是想告訴大家真正的堅強是要靠堅持的，如果沒有這種能耐，反而害苦了自己。我的外婆一生何嘗沒有吃過苦頭？她的女兒長年在外，和富家子的丈夫在英國生活，把我和哥哥托外婆撫養。外婆孤家寡人，又不識字，全靠堅強的毅力和她女兒每月匯來的少許錢過日子，辛辛苦苦把我們帶大，卻因為多年勞累，在我十七歲那年突然離我們而去，沒有享受一天的好日子。本書的第一回就是講我的外婆，其實我可以為外婆的遭遇寫一本書，還有我媽媽的故事，這可能就是我下一本書的題目。

第三回　善師姐　按摩樂助人

我認識善美許多年了，那時候我們剛從美國回來，經友人介紹交上了她這個朋友，她年紀比我大，算得上是忘年之交。那時她是單身一人帶著一個女兒生活，她女兒還未結婚，她們母女相依為命，過得不錯，但過了兩年她女兒結婚了，只剩下她單身一人過活。她本是馬來西亞華僑，來港時只存得一點兒錢，生活顯得有些艱難，因為是南洋華僑，而且原籍福建，說話帶點口音，在香港工作被人歧視，況且她唸書不多，生活更是難上加難。但她天生性格偏愛助人，雖然生活困苦，仍然到處助人，她幫助的多是缺乏家人照顧的老人家。後來她覺得這些還不夠，於是她參加了一個志願團體，學了一個替人按摩的功法，到那兒替病人治理，每天大清早起床，到那兒上班。那兒是一個佛教機構，法師很願意給她一間房間做理療，她在那兒工作了很多年，其實當時她自己的身體也不是很好，來港不久曾中過風，她覺得自己的生命是撿回來的，所以特別願意助人。但好景不常，原先的住持法師去世了，新來的法師不再願意支持她，她只好離開。其實有一段時間她也曾來我們家替我和歐梵做治療，分毫不取，而且自己掏腰包買按摩油。我們要給她治療費，她堅持不肯接受。後來她還特意買了一張按摩床放在我家睡房，每星期三次按時來我們家。她雖然大病初癒，卻仍然十分賣力地按摩，還很關心我們的身體狀況，很多時候治療完畢，她會在我家吃中飯，只此而已，我們實在不知如何報答她，為了不強人所難，只好接受了，朋友之情義銘記於心就是了。

又過了一陣，她有一個多星期沒有來，事後才知道她又再次中風入院，當她清醒了之後竟然忘記了自己的病，依然替身邊的病人按摩，醫生勸她也不聽。為什麼她有如此大的愛心呢？我們見面熟了以後，才聽她親自斷斷續續憶述她以往的經歷。

話說她還是十多歲時，新中國成立不久，百廢待興，很歡迎海外華人返國效力；能出錢又出力的話更是求之不得。早年移居南洋一帶的中國人是為了尋求更好的經濟環境，一旦賺了足夠的錢財，有些人仍然是很願意返回效忠祖國的。善美的家庭是小康之家，家中兄弟姐妹眾多，父母也在堂。她從小在學校唸書，聽了許多關於中國革命的事，十分嚮往，加上她天生樂於助人的性格，十分希望回去一次。於是她向父母說出心意，初時他們不大贊成，後經她多次請求，他們只好同意了，況且她只是女兒，重男輕女是大多華僑的心態吧，她家兄弟姐妹多，少她一個是可以接受的。她籌備了一段日子後，帶著一些衣服鞋襪，母親給了三條金條及一些錢，就輕身上路了。當時她的心情是興奮的，有機會報效祖國是多麼榮幸的事啊！

輾轉到了福建的故鄉落腳，有兩個鄉里的遠親幫助之下，租住了一間房子，置了簡單的家具，待一切安頓好了，開始到當地的行政部門報到，要求他們分派工作。當局要她先返家等待消息，果然過了幾天，終於被派到一間紡織工廠去。她高高興興地每天勤勞上班去了。工廠裡的人是女多男稀，但相處起來還算融洽，每天有說有笑的，日子過得也算很愉快，她本來就是個很容易滿足的人，這樣的生活也希望可以安穩過下去。工資雖然不高，物質生活也很缺乏，但她卻甘之如飴。如此日子過了兩年，那時她才二十歲，而且樣貌娟好，廠裡追求她的人有好幾個。她人比較單純，不知道如何選擇，其中有一位長得相貌英俊，氣宇不凡，而且對她特別殷勤，誠意十足。少女情懷總是天真的，遇上這意中人當然成了雀屏之選。一年後他倆共諧連理了，但生活是否就這樣幸福的呢？

由來好事總多磨，過了幾年，他們生了一個女兒。負擔是重了，但心情卻是愉快的，雖然她丈夫希望得個男孩，但是生男生女並不是自己可以選擇的。不久中國「文化大革命」爆發了，全國進入「火紅的年代」，紅衛兵到處巡邏搜索，那些略有資財的人和知識分子是首先被追查的對象。他們兩人只是工廠裡的工人，以為是很安全的，初時不以為意，照常工作，作息有度。誰料世事難料，在他們照常例行上班的一天，紅衛兵竟然闖進了他們的工廠，傳廠主出來問話，問話之後不知什麼緣故，加了一條他在廠裡的貪污舞弊的罪名，其實當時的一切企業都是公私合營的，很難有機會收受私人利益的。但紅衛兵為了有表現，隨意找人們岔子而已，若有人膽敢貪污，一定有好大的膽量才可以做得到的，但是欲加之罪，何患無辭，於是廠主被帶到公安部受審問了，工廠也被關閉了，連帶廠裡的工人也被傳召問話。善美夫婦當然也在其中，經審問之下，知道善美從南洋回國的，有海外關係，當時有這種關係的人，都一概不被信任，說她是來試探中國國情的，有了這樣不合理的條文，他們被趕出工廠，還得送公安部審訊。審查結果，得到的懲罰是被派到大街上掃地，她每天七時起床即去掃地，家裡的事都顧不到了，更遑論照顧女兒。丈夫反而沒被判罪，終日在家裡遊手好閒，時間久了，每天見到妻子回家都以黑臉對待，他覺得一個大男人在家看顧女兒實在是件最無聊的事情。終於有一天，當善美回到家中的時候，他惡聲惡氣地責罵她：「你這個罪人，我不想以後受到牽連，我命令你以後離開這個家，我再也不想見到你，連同女兒也一併帶走，永遠不許踏足這個家門！」善美本來是個很有理想的人，一心回國以為可以有所作為，沒想到會落得如此下場，加上丈夫的不諒解，她的心碎了，只好含淚抱著女兒離去。

故事說到這裡還沒有完結。她抱著懷中的女兒，覺得萬念俱灰，當她走到一條河邊的橋上，登時有了一個念頭，想和女兒一起投河自殺，就在要跳下去的一剎那，她回心一想：我自己可以死，但為什麼要女兒也要賠上一命呢？何況我留這條命還可以幫助很多有需要幫助的人呢！於是她帶回僅存的一條金條，連夜帶著女兒逃到香港去了。又過了很多年後，女兒長大了時常埋怨，怪媽媽為她帶來了生命，卻沒有一個父親，善美沒有向女兒解釋原因，我想她是太好強了。女兒沒有跟她同住，任由她獨自生活。多年之後，善美母親在馬來西亞病逝，她奔喪回到闊別多年的馬來西亞故鄉，當時她父親和兄弟姐妹都責怪她當年太自私了，匆匆離家，沒有顧及家人的感受。母親之病故是由於她的離家，因日夜思念而終日鬱歡而歿的。她當然非常難過，快然返回香港，繼續做她認為該做的事情，到處幫助別人。她的善心幫了許多人，包括我們二人在內。有時候她還會把我們家當作臨時診所，為其他人做理療，此外她還要到一家佛教團體去做義工，忙得不可開交，但從來沒有聽她抱怨。我故意用「善美」這個化名，是有原因的。

值得惋惜的是，我們最後一兩次見到她的時候，她竟然向我們抱怨女兒騙她的錢，我們起先聽了半信半疑，後來覺得她是在妄想。不久之前，她女兒打電話告訴我說送她到老人院了，因為她患了老人精神病，情緒有些失常，我想到老人院去探望她，她女兒要我不用去了，因為她已經認不出你了。

我至今仍時時懷念著她。

第四回　善女人　誓為好繼母

美儀是我中學時期的同學，畢業後各自出國唸大學，在美國不同的州份唸大學。期間偶然也有互通魚雁，但卻沒有機會在彼邦見面，偶然通個電話是常有的。四年後她畢業返港，因為她家中有父母在堂。我因為在那邊陪前夫唸大學博士，需時較長，十年之後才返回香港，人事幾番新，到了一切安頓下來之後，我開始聯絡多年不見的朋友。美儀跟我背景比較接近，到過外國生活，很自然地她是我要先聯絡的朋友。她說那段日子比較忙，待她忙完再定一個時間，如是者又過了好一段日子才得見面。

一個周日的晚上，我們約定在飯店見面。那時我們都已到了而立之年。甫見面我們相擁一番，差一點喜極而泣。坐定後，我仔細地端詳她的臉容，她依然漂亮如昔，一雙妙目依然清澈動人，南加州的陽光沒有把她原來白皙的皮膚曬黑，但細看之下，她眉宇間彷彿帶點淡淡的哀愁。奇怪之餘，我問她是否有些心事。誰知我的話一出，竟惹得她哭了出來，我立刻追問她發生了什麼事，她挨在我的肩膊上不停地抽噎起來，她說：「我媽媽最近去世了，剛辦好了她的後事才有空出來見朋友，請你原諒。」我說：「我了解，當然辦喪事要緊，不用介懷，伯母得什麼病去世的？」她說：「心臟病，一天下午突然在睡眠中去世，好突然，連一句交心的說話都沒有留下，叫我們一家都措手不及，所以我們特別傷心！」說著又嗚嗚地哭了。我登時不知如何安慰她，只好要她節哀順變，其實我知道這些話都是多餘的。當然親人突然逝去是件令人傷心的事，但她似乎表現得特別激動，是否有特別的原因呢？她可能猜出我心中的疑惑，於是就道出她之所以這麼傷心的原因，開始說她媽媽一生的故事。

原來她剛去世的媽媽是她的繼母。美儀自幼父母離異，她親生的媽媽離家出走了，她跟著父親過日子，那年她才十多歲。父親是個大男人，當然不會照顧她，而且脾氣特別孤僻，她偶一不慎會招來一頓毒打。她只好逆來順受，因為她知道爸爸心情不好，不是不愛她，而是爸爸太年輕了，一個大男人如何照顧得了她呢，所以她略懂人事之後，時常勸爸爸續弦，幾經遊說之後，她爸爸被打動了，於是續了弦。美儀也有了一個新媽媽，這位新媽媽不單止沒有苦待她，而且對她視如己出，每天悉心照料她，教導她如何讀好書、做好人、敬師長、慎交友等等做人美德。我聽過許多繼母虐待非親生兒女的故事，但從來沒有聽說過繼母為了照顧這個女兒不分心，特意不生育，似乎要彌補過去的一段孽債一樣。

美儀看得出我的好奇，於是也交待了她這個繼母的背景。她出身於一個上海富翁的大家庭，而且封建的很，竟然有三妻四妾，因為她自己乃妾侍所生，所以自幼受到她的幾個繼母虐待，直到她成年可以自立了，於是立即投靠香港的親戚。她受的教育雖然有限，但思想很開明，她立志將來要做一個好母親。但沒有想到嫁給美儀的爸爸之後，婚姻不和，因為爸爸太愛他以前的妻子，雖然她離他而去了，但他仍然思念著她，此次是因為女兒要求才再婚的。他原來孤僻的脾氣依然未改，其實他一點也不喜歡這位新媽媽，時常無故跟她發脾氣，有一次還出手打她。所幸繼母有美儀這個女兒，得到一點親情的補償，彷彿前世就緣分已定，於是決定不生育，把所有的母愛都貫注在美儀身上。

「數年之後，媽媽實在忍受不住了，只好和爸爸離婚。自己獨自帶著我這個繼女，兩人相依為命。媽媽雖然在我小時教我讀書，因為我仍然是個小學生，她尚可勉強應付，但到我上了中學，她的知識有限，無能力再教導我了。畢竟她自己只讀到小學畢業，她自己教不了我，只好請人替我補習，她沒有很多的積蓄，她得出來去當傭工，因為教育程度低，賺不了很多的錢足夠應付家庭開銷，她只好轉換工作，希望可以多得些錢。但當然香港經濟也沒有很好，人浮於事，很難找工作。她學歷不高，但相貌卻長得娟好文雅，經朋友介紹，進入當時流行的舞廳當伴舞娘，當時的社會風氣是笑貧不笑娼，以她的操守是伴舞不賣身的，可見她對我們的生活十分有原則。她因為人美而人緣又好，當時喜歡她的男人很多，她都以禮相待他們，沒有任何出軌行為。如此日子過了兩年，都沒有什麼事發生。因為她守身如玉，大多數男子都只傾慕於她而已。但世上總有好色而不能自控的男人，在交際的場合中，有一個壞男人，在一次『坐枱』中竟然在酒中下了迷藥，媽媽不疑有詐，吃了酒之後被迷醉了，男人在酒店中強姦了她，她醒後大怒，罵了男人一頓，回家又沒有報警，所謂『家醜不可外揚』。誰知回家後月事竟然停了兩個月沒來，她去婦科檢查，竟然發現懷孕了。那怎生是好，當然墮胎是有風險的，她沒有去做，只有讓孩子出生了再算。豈料到了臨盆之後，竟然是個雙胞胎：兩個男嬰。於是她找那男子算帳，那可惡的男人竟不認帳，她只有認命回家。忽然家中多了兩個孩子，她舞場的收入不夠支撐生計，只好白天到富人家中當傭工，多增加收入。日積月累的結果，令她心力交瘁，得了個冠心病，但工作仍舊，終於一病不起了。」

我聽了這故事，也不禁熱淚盈眶。這是強女人該有的下場嗎？我回心又一想，美儀那對雙胞胎弟弟以後該怎麼生活呢？按照美儀的性格，可能又會效法她繼母的做法，繼續當個強女人吧！

第五回　傲高妹　孤芳獨自賞

今早八時起床，我穿好衣服準備要上班的時候，打開窗簾看看外面天色，那時氣溫很高，卻沒有陽光，遠處傳來陣陣雷聲，我預感到天快要下雨了，必須帶把雨傘，其實每天上班做著同樣的事，我感到十分沉悶，但為了生計，無奈也只好如此。我在公司裡，人緣是不錯，有不少的好朋友，當然其中有些比較談得來，有些卻是見面時閒聊幾句的同事。有一天兩位不太熟稔的女同事走到我的辦公桌前，並帶來一位我素未謀面的女士來見我，她大約三十來歲，打扮入時，身上穿著的都是那年流行的顏色衣服，臉上化了濃妝，好像一個預備登場要演戲的電影明星，戴了一條閃閃生光的鑽石頸鏈，還加上一副太陽眼鏡。可是她臉上卻一點笑容也沒有，像剛死了親人的孝女模樣，濃艷的脂粉，卻不能掩蓋她那蒼白臉兒，她的化妝好像臉面上隔了一層油，無法把胭脂水粉完全吸收進去似的。我跟她握手的當兒，她的手冰凍，彷彿剛從冰箱藏了一夜。她的聲音低沉如同低音大提琴般，而且沙啞如同吃了砂糖，人長得很高，我姑且稱她高妹。

經過介紹之後，我們時有來往，她每次見面都給我同樣的印象，跟我們初次見面時一個模樣。時日一久，經過多次見面後，我們對彼此的了解加深了，她開始與我談點她的私事，後來才知道她和我同是在保險業界工作的。她的業績非常好，手下有十多個同事在她的領導下工作。她每月的收入不菲，但卻沒有因此而活得開心，脾氣還表現得十分急躁。每隔一段日子我們相約一起吃午餐，她對待侍應生的態度非常挑剔，令我感到十分尷尬，但她的性格如此，我也不好批評她。有一次她告訴我，她手下的同事一下子走了好幾人，因此她的收入沒以前好了。我當然知道這是早晚都會發生的事情，這樣的結果一點也不覺得奇怪。

她平日為人很驕傲，因為她曾在夏威夷大學拿到學位，因為那時保險行業裡的同業有大學資格的人不多。她認為自己是天之驕子，看輕別的同事，故此人緣十分差。她之所以願意跟我來往也是因為我和她同一背景，何況有一個在大學教書的丈夫。有多次她曾經邀請我們到她家吃晚飯，她家布置十分華麗，跟她一身穿的名牌十分相配。

到我們越來越談得來的時候，她開始把自己的家庭出身非常詳細地告訴我。她說：「我是家中的長女，還有一個比我小三歲的弟弟，爸爸是商人，頗為富有，我媽媽早去世了，爸爸娶了一個繼母，她年紀比我爸爸年輕了十多歲。她對我態度十分惡劣，時常無故批評我，對我弟弟卻很好，因為她知道日後我爸爸去世後，財產都會留給弟弟。在我三十歲那年，爸爸去世了，我在傷心之餘，當然有權過問遺產如何分配，但繼母決定一分錢也不肯給我，我感到十分忿忿不平，相信你也明白。受過西方教育的女人比較知道如何爭取自己應得的東西，『好仔不論爺田地，好女不論嫁妝衣』那套想法早已過時了，再也用不到我們女子身上了。為了爭取我應得的一份遺產，我不惜與繼母和弟弟多次鬧上法院，律師費用十分昂貴，但為了求來一個公道，縱使散盡我的家財我也在所不計。到了最後我還是沒有爭到應有的一份遺產，一分錢也沒有，我失望極了，一怒之下，從此再也不和弟弟來往。」從高妹的語氣我感覺到一股遺憾。她告訴我當她媽媽在世的時候，在慈愛的家庭教育薰陶下，她和弟弟相親相愛，一起上學、一起溫習功課，還一同玩耍；遇到弟弟生病時，她伴在弟弟身旁，陪著媽媽領弟弟看醫生，雖然她那時年紀幼小，但手足情深她盡表無遺。故此，弟弟跟她爭產的事，她相信是繼母一手造成的，弟弟一時糊塗才促成大錯。

有一天我到她家探望她的時候，她已經生病了，沒有上班接近兩個月，但每日仍然和手下的同事通話，指導她們如何應付客戶，早上依舊用電話開早會，安排一天的工作。其實她得的病是甲狀腺亢進，才令到她的性情急躁，當然跟遺傳有關，她媽媽當年也是死於這病症。但她的警覺性不強，沒有提醒自己小心。

經過爭產事件之後，她的脾氣更差了。那時，她在任職的公司裡結交了一位比她年輕的男同事，那男士性格非常溫和，和大家很合得來。她指揮她的男朋友做這做那，而且時常不滿意他替她辦的事，甚至在別的同事面前破口大罵他，他仍然溫順地沒有反駁她；到了這時，她更是火上加油，越罵越起勁，令她的男友感到十分難過，他之所以不還嘴，是因為知道她有病，當然也是愛她之心很真切。在她來說好像要把自己爭產失敗的怒氣都一把火氣發洩在他身上，她完全覺得自己一點也沒錯，錯的只是別人。

高妹那位男朋友是我中學期間的同學，他平素為人溫和，而且非常用功，很得到老師們的讚賞，我和他相處也十分投契。我唸中學的時候，數學成績十分差，時常考試成績不合格，他下課後，時常幫助我複習，用心講解我的疑難，遇到我成績不佳而難過，他還一直安慰我，勸我不要灰心。在他的鼓勵下，我的成績逐漸有了一些進步，這都是拜他之賜。他溫文爾雅的風度，給我留下很好的印象，至今難忘。他和高妹一起工作時常在同事們面前捱罵，同事們當時雖然沒有勸阻，到了他倆分手的時候，都一致同情他；對於他倆分手的原因，大家都心裡有數卻裝作並不知情。

多年後他另結交了一個女朋友，是在大學裡的講師。兩年後，我突然收到一張喜帖，他邀請我們去吃喜酒，記得那時是個寒冷的冬天，我和歐梵穿了厚重的衣服參加他的婚禮，他特地跑來我們坐的那一席，跟我們合照留念，還恭賀我得了一位如意郎君。到了婚宴開始的當兒，只見他和新娘站在台上，把他倆談戀愛的經歷一一告訴來賓，因為當日天氣寒冷，他把帶上的一件衣服細心地披在妻子身上，妻子甜絲絲、情深地對望著他，在他把他倆談戀愛的相片播放出來時，我們向他倆舉杯祝賀，我看見他眼淚流出來了。我和歐梵也差點被他的真誠所感動，這是我們參加朋友婚禮最動人的一次，印象至今難忘。好一個感情豐富的男人，我不知道他當時想的是什麼，大概是悲喜交集吧！

又有一段時間沒有去看高妹了，那次去是我覺得應該去問候一下她的近況如何，她劈頭一句就說：「我跟男友分開，是因為原來他只是一個中學畢業生，連大學也沒唸過，真是丟了我的面子，無知無識的，將來有什麼前途可言？」我當然不同意她的說法，但不願意干涉她的私事，只好談些別的事情就告辭了。

從那次之後，我再沒有到她那裡串門子。後來發生的事都是我公司的同事告訴我的，這位同事很愛到處打聽別人的事，他消息十分靈通，每次都詳盡地告訴大家，我們給他一個諢名「八卦公」，他似乎甘之如飴，當之無愧。我離開保險業至今已經二十年了，見著他時，仍然跟我說個不停。

據說她與男友分手之後，跟一位學歷比她教育程度更低的男同事來往甚密切，她變本加厲地對待這位同事。她那時除原來的病之外，更得了另外的病，她每天要新男友陪她看醫生，但治療卻沒有效力，於是她到處求神問卜，除了上佛寺，也到天主堂、基督教會，甚至清真寺，只差沒有看「水晶球」而已。現在想來，我們轉眼二十年沒見了，據說她依然單身一人混日子。

我在寫這篇文章的時候，舉頭望天，風和日麗，沒有雷聲，也沒有下雨的徵象。但望高妹已經習慣了單身生活，或者早已和另一個男友同居，只要她過得幸福就好。

第六回　卡拉絲　曲終情未斷

雷射唱盤播著希臘女高音歌唱家卡拉絲的一首，由威爾第作曲的《唐・卡洛》歌劇插曲，每次聽都引起她無限感慨，幾句歌詞盪氣迴腸，悽婉動人，令她低迴再三，想起自己的命運：「而我，我已人向黃昏，法國，高貴之地，我那花樣年華的成長之地！楓丹白露！我的思念乘著翅膀飛向你。……泉水、森林，百花齊唱我們的愛意。別了別了鏡花水月，浮光掠影！緣盡情了，油盡燈枯！別了我美麗的童年……。」

她的家在上海，父親是當地的鄉紳權貴，只得她一個女兒。從少女時代開始，身旁總有一群公子哥兒圍繞，他們爭相約會她。對於談情說愛的事，她仍未感到有何興致。母親生於官宦之家，自幼承庭訓，教之以三從四德。唯她生性好動，不受管束，平素愛讀詩書，《紅樓夢》、《西廂記》尤為喜愛。父親視她為掌上明珠，特地為她和母親買了一輛轎車，司機載著她們母女遊遍可以到的名勝古蹟，不出門的日子在家讀書，和表兄弟姐妹討論時政。

她家人丁旺盛，父親兄弟三房人合住一所大府第。平日三家人各自為政，到每年的大時大節即聚在一起用膳玩耍。她大伯父獨生一子，長得英俊瀟灑，文采風流，在上海聖約翰大學唸書，唸的是英國文學。兩人自小青梅竹馬、兩小無猜、性情相投，恨不得每日可以見面。她不知道自己已暗暗愛上這位堂哥哥。

一九四九年前，她和堂哥哥從大學畢業，那時上海時勢混亂，她父親想攜同家人南下香港避難，但她叔叔及大伯兩家人決定留在上海。此時堂哥哥跟她的感情已經到了難捨難分的階段，只有他倆知道，要離開嘛，就一道離開，不然就一同相守在上海。他們只好跟雙方父母表明心跡，誰知遭到雙方家庭的反對，幸好她母親支持她。中國古語有云：「男女同姓，其生不蕃」，堂哥哥簡直就是親兄長嘛！要結婚豈不是亂倫！父親苦口婆心地勸告，母親在父親面前不敢表示贊成的意見，至於大伯父、母的反應卻是十分強烈的。這也難怪，他們獨生一子，香燈後繼無人，豈不是件天大事情？況且亂倫是傷風敗俗的事，怎可以讓它發生呢？

她哭呀鬧呀，最後還是悽悽慘慘地隨父母南下香港！離開了上海，也離開了情人。從此她整個人變了，變得沉默，變得憂鬱，母親愛女情深，時常帶她到歐洲、美國各地遊玩，但她都感到興致索然，彷彿成了失去靈魂的人。母親見她如此情況，暗中給姪兒寄信，希望他能夠偷渡到港。她願意把女兒交給他，讓他們遠走高飛。

堂哥哥偷渡來港的事，她被蒙在鼓裡，只有她母親知道。那時期偷渡到港是件平常事，很多人到了廣東就可以游泳到港，但必須熟悉路途。堂兄是上海人，遠道到了廣州已不容易，還得游泳渡海。他還沒游到香港，中途已被捉住了，被遣送到農村勞動改造，過了大半年才被釋放出來。回到上海的家，父母當然怒不可遏，把他幽禁起來，從此跟香港的堂妹失去音信。

香港的嬸嬸以為他不敢偷渡，等了一年沒有消息，就放棄了，告訴女兒說：「你堂哥沒膽量偷渡出來跟你長相廝守，我說女兒啊！你還是收拾起你的癡心，切切實實找個男子結婚吧！」

她不相信心上人是個貪生怕死的人，但又無法跟他聯絡得上，失望之餘，決定遠走海外，將來能否鴛夢重溫，得靠上天安排了。於是她申請到法國唸書，把熾烈的感情寄托在書本上。巴黎大學的東方學部，正是她意屬的地方。她學的是東方藝術研究，終日沉迷在中國古代的繪畫藝術中，消磨了六、七個寒暑。

期間，她身旁不乏追求者，但對他們都採取置若罔聞的態度。轉眼她已年過三十，仍是小姑居處獨無郎，誰曉得她內心的深處仍盼著她的堂哥哥呢？

畢業後，她父親投資為她在巴黎開了一間畫廊，專門販賣畫及陶瓷藝術品。廊裡有她的畫作，也有陶瓷作品，當然有更多的其他藝術家的創作。幾年過去了，她的畫廊在巴黎建立了頗高的名聲，因為畫廊主人本身就是一個傳奇人物。

年屆中年的女子，兼備了才氣和美貌，卻還是單身，人們都在猜測：是什麼的一種心態令她對男士沒有興趣呢？她難道不感到寂寞嗎？是她鄙視身邊的追求者嗎？她是個女同性戀者嗎？這一切的猜測都是無法得到答案的。她每天靜靜地坐在畫廊辦公室，無特別客人從不出來招呼。有些時候，她會往各地公幹，去得最多的地方是美國東岸、紐約和波士頓。

紐約是美國的商業中心，也是文化薈萃之地。她到那兒約見客戶，也聯絡藝術家，收購他們的作品。她偏愛參觀大都會藝術博物館，因為那兒的藝術品，琳瑯滿目，美不勝收，令她流連忘返。

波士頓也是她每年例必遊歷之城。那兒她認得的一位教授，在哈佛大學教藝術史，原來是她在巴黎唸書時的教授，後來應邀到了哈佛教書。每次她必定約他歡聚一回，然後在哈佛廣場蹓躂一番。劍橋雖然面積不大，但譽滿全球的兩間大學位於其中，容納了眾多的精英學者，實在是個不容忽視的地方。所謂人傑地靈，無論在仲春四月百花盛開的季節，或是紅葉繽紛的人間十月天，劍橋總會教人樂而忘返，駐足再三。多年來她在此停留，成了劍橋的常客。

有些時候她會到著名的哈佛燕京圖書館閱覽群書，那兒有很多中國的古典經籍，現代的書也為數不少。有一次我去圖書館的閱覽室，她也在那裡看書，我被她雍容優雅的氣度吸引住了，於是上前跟她喁喁地攀談起來，後來乾脆約她到附近的科學館咖啡店聊天。我們一見如故，交談了兩個多小時，交淺言深地說著話兒，還約了後會之期。第二年的秋天她又來了。我把她介紹給丈夫歐梵認識，他們也談得很好，大家都是歌劇愛好者，所以有說不完的話題，我們一頓飯吃了三個鐘頭。

回家後，我把她的遭遇跟歐梵說，對於她的癡情，我們特別感動。談到她的堂哥哥趙先生，歐梵突然若有所思地說：「這個人我好像見過，也跟他聊過天，不是十分熟稔。只知道他從上海來，在上海復旦大學教書，以前在聖約翰唸大學，一九四九年後轉到復旦去，改讀思想史。據說在『文革』時被打成右派，送到牛棚勞改；『文革』結束後，又返回復旦教書，退休前早已是個名教授了。我見他時，他經已是個白髮滿頭的老人。那年是一九九三年，我到哈佛先作一年的訪問教授，他也是應東亞系的邀請來作研究及講學的，大概逗留了半年之久。」

我聽後，驚訝萬分，世事就是如此湊巧，他們這對有情男女竟然分別在同一地方擦肩而過，怎麼不曾彼此遇上？這就是所謂的緣分吧！「有緣千里來相會，無緣對面不相逢」這兩句話看來一點不差，誰曉得他們沒有在同一個陽光燦爛的午後，同時各自在哈佛廣場休閒地踱步？在那一刻，他們的心裡有沒有想著對方？如果有的話，心靈感應的磁力就會讓他們碰上了。

千禧年後的第三年，我們在香港住了一年，歐梵在科大擔任客座教授。一天歐梵在辦公室收到一通電腦傳來的「伊媚兒」，是她傳來的，發件人就在香港，誠意邀請我們到她家吃晚飯，看來她已經搬回香港定居了。

我們如約到了港島半山她的寓所，寓所內布置得古色古香，名畫掛滿一室，古董飾物更是滿目皆是。她穿了一襲款式別致的旗袍，足踏一雙色澤不一的繡花鞋，站在大門口歡迎我們。進到門來，耳畔傳來女高音卡拉絲的歌聲，莫非又是出自威爾第的《唐·卡洛》：「造化弄人，唯剩一念；願得安息於墓中！長眠於此看盡世間繁華喜樂，啊！將我的淚帶到上帝的眼前」。聽了這首歌曲，我不禁想到卡拉絲晚年也一個人住在巴黎，她當年熱愛的情人，那個希臘船王，已經離她而去，和別人結婚了。

如果這位上海佳人知道她的堂哥早已使君有婦，她的心情是否又會不一樣呢？她住在巴黎三十多年了，此時此刻回到香港，是否又是她刻意安排的呢？如此她可以更接近她的舊戀人？有誰知道她是否在劍橋錯過了跟她的夢中情人見面的機緣？或者她曾遇上了他，只是她避而不見而已？在她的垂暮之年，她選擇返回香港，是有種落葉歸根的意味吧！

我覺得她選擇不回上海，更顯出她的堅強，至少足以證明她獨自在異鄉生活，也會活得好好的。

第七回　重倫常　安家忘婚締

多年前一個陽光燦爛的星期日，忽然接到余芬的來電，她要求我給她介紹一份人壽保險。余芬是我中學最要好的同學之一，記得中五那年我們十分親近，課餘也有聯絡。她出身於一個貧苦家庭，父母都是工廠工人，家中除了她，還有一個弱智的弟弟。余芬長得漂亮，人又活潑聰明，甚得師長、同學們的喜愛，尤其是男同學。據我所知，十七歲的她已經開始社交生活，課餘約男同學郊遊、拍照都是我們那年代鮮有的社交生活。她卻比我們先進，我課餘約一班男女同學溫習功課，已經算是社交生活了。對於余芬的多姿彩生活，我只有羨慕的份兒。

多姿彩的生活也為余芬帶來愛情的滋味。中學畢業前一年她已跟班上的一個男同學談戀愛，而我們絕大多數同學還都是活在「混沌初開的天地」中，愛情是什麼一回事，還不怎樣知道。是余芬特別早熟呢？抑或是我們遲熟？我記得她告訴我，她如何向男朋友獻上初吻的情形，我聽來都感到害羞，更不要說做出來了。戀愛的感覺可能太甜蜜了，她似乎不要以結婚來終止它。中學六年級後的四年中，她沒有繼續學業，也沒有結婚。我們見面的機會不多，大概一年一次吧，每次見面她總向我吐苦水，什麼父母對她期望過高啦！什麼家庭經濟壓力太重啦！諸如此類的苦經，我年復一年地聽著，其實大家都還處於青年時期，對於這種生活壓力也不知如何調節，當然我也不懂得安慰她。

四年後，我大學畢業到美國深造，臨行前和她談了一夜，談到過去的學生生活，也談到將來的展望。我是興致勃勃的，她卻是興味索然。她說：「我是個沒有將來的人，你呀就是前途無量！以後不要忘記給我寫信，好嗎？」我當時志氣高昂，不曾想到這幾句話出自一個才二十歲出頭的少女口中，是何等的灰心喪氣。多年之後的再見面才明瞭，她的悲觀不是沒有緣由的。

歲月匆匆過去，我跟余芬再次會面是七年之後的暑假。那年我返港度假，偶然的機會裡，我碰上余芬，差點認不出她來。她人長得胖多了，雖云「歲月留痕」，這痕跡真夠顯著的了。我們寒暄一番之後，我上下打量她一番，然後向她打趣地說：「哎唷！你這少奶奶做久了，人都發福了，你看我，窮留學生一個，居無定所，仍是瘦皮猴一隻。」她聽後，原來笑著的臉兒凝住了，立時嚴霜滿臉，我立即知道說錯了話，只好嘻笑著臉問她近況。

她立時正著臉色說：「我如果結了婚就好了，只是生來命苦，被家庭重擔壓得喘不過氣來。」我問說：「你以前不是已經有了一位很要好的男朋友嗎？」她含淚說：「唉！不要提了，爸爸媽媽反對我跟他結婚，嫌他入息低微，養不起我們一家的生活。」「什麼？你的丈夫要負擔起你一家的生活？」我驚嘆地問。她說：「這幾年我家庭起了大變化！爸爸在工廠工作出了意外，一隻手被機器輾斷了。媽媽只好辭掉工作在家照顧爸爸，還有弱智的弟弟，於是全家的經濟重擔都得由我承擔。爸媽有言在先，誰要娶我就得養我全家，試問有誰願意跟我結婚？更何況我現在的身形體態更是嚇怕了人！看來注定要做老處女了！」她邊說邊哭，我想起了多年前她給我的臨別贈言，彷彿她是早已知道自己命運的先知。經我詳細追問之下，她解釋說：「我中學畢業後，爸爸媽媽說不可以讓我考大學，我必須立刻找工作，負責幫補家計，更說我終生都要照顧弟弟的生活。他們說父母不可能跟子女一世，我當姐姐的，就要負責。」這樣的父母我從來未遇見過，哪有道理把自己的重擔加諸女兒身上的，至於要求女兒的夫家負擔生計，這豈不是把女兒作了搖錢樹？天下間哪有如此可惡的父母？偏偏余芬又是個愚孝的女兒。我一方面同情她，另一方面卻生她的氣，覺得她太懦弱了。

那次會面之後，我又回到美國去，如是者又過了三年，所謂落葉歸根，我又回到土生土長的香港。余芬這名字又一次在我腦海中出現，我找到她家的電話號碼，再次跟她聯絡上。我們在電話裡談了片刻，約略知道她情況沒有多大改變，仍然是未嫁女兒身。我們約定日後見面，日後何時見面，我似乎沒有太大的企盼，為的是我怕見到她的憔悴臉容，一個不甘心於當老處女的女人。她的心靈深處是否對婚姻仍然有所期待？對於父母強加給她的重擔，她可有想過反抗？難道她的一生就如此營營役役地度過？身為一個現代女性，她可曾想過自己的權利是什麼？

星期天她來電話要求投保險，是我從未遇見的事，我不敢怠慢，立刻約定時間見她。這回她想得更悲觀，認為自己會活不長久，為了保障父母及弟弟的生活，她只得托賴保險公司了。那保險公司豈不成了她的變身丈夫，我這個保險代理人順理成章做了她的媒人，這可算是件令人傷心的妙事。

很多年之後的今日，余芬仍然活得好好的，卻仍然獨身。有次在我們見面吃飯的閒談中，她忽然冒出一句話：「瑩！你願意為我介紹男友嗎？」我十分驚訝的是：原來這麼多年來，她一直沒有放棄結婚的念頭，只是她把它壓抑住了。那天我們酒足飯飽之餘，她不經意地說出來了。難道每個女人都希望找到歸宿？她不是都工作得很好了嗎？能夠養活自己及家人，這已經是很了不起了！可是她仍然擺脫不了女人始終是需要嫁人的心理，曾經說過：「沒有結婚的女人就是沒有歸宿的人，到死也是孤伶伶的，我就是渴望結婚，假若不幸嫁了個壞丈夫，也總算嫁過了，好歹有人稱呼我一聲什麼太太的，心情也就踏實了。」在我聽來，實在不敢苟同她的想法。為什麼女人非得要結婚呢？如果嫁個志趣不相投的人，倒不如獨身過著自由自在的生活。

余芬之所以嫁不出去，除了因為她長得太胖之外，我以和她不懂得穿衣服也有關係。人本來就肥胖矮小了，她卻愛穿色淺而花紋繁雜的衣服，讓人看起來眼花繚亂。她為什麼不多穿一些色澤深沉而款式簡單的衣裙呢？我每次見到她，我的目光都被她身上的衣服吸引，然後再在她所穿的衣服上找岔子，總能挑出幾個缺點來。一個懂得穿衣服的女人，能把自己身材的弱點隱藏得很好，反之，缺點都被不合適的衣服，大大地彰顯出來了。

第八回　豪女俠　盼個乘龍婿

你在電話裡輕聲地哀求我替你寫徵友啟事，登在報紙上招男友，我初時有點猶豫，但經不起你的一再哀求，我只好答應了。

是怎麼的一回事？我竟然寫出了如下的一段文字來：「本人XX，貌端秀，誠徵四十五至五十五歲的男士為友，要有正當職業，人品端正，有志氣，並無不良嗜好。有意請電一三五七叫三五七九李小姐洽。」這段廣告一出，我每天接到的傳呼電話超過十個。你也真夠膽量，竟然要我把自己的傳呼機號碼公開作聯絡，而且更由我先替你篩選來電，認為合適的再約見，你那時才出場。這門子的麻煩事，我哪兒來的傻勁，竟然答應給你幫忙，結果招來一大堆狂蜂浪蝶：有開貨車的司機、計程車司機、酒樓廚師、大廈看更人、建築工人等，幾十個電話下來，當然沒有你期望的所謂金龜婿，我卻被他們煩死了，當中有幾個男人說：「李小姐，你真懂跟人交談，聲音又好聽，你不用約ＸＸ小姐了，我和你見面交個朋友吧。」我說：「先生，謝謝你的賞識，我只是個中間人而已。」

徵友事件失敗的幾個月後，在你工作的飯店裡，你認識了一位從台灣來的闊老闆，那天他到那兒吃晚飯，由你招待他，你們從此就搭上了關係，他常來香港探訪你，有天你來電話說要介紹我認識你的男友。我們約在尖沙咀的麗晶酒店內一間咖啡店吃茶。那夜在柔和的燈光影綽下，我看見一個溫柔婉約的女人，我以為自己花了眼，你從平日的豪爽高聲言談，變得溫聲細語地坐在男友身旁，我差點以為認錯了人，誰說愛情的魔力不是大得可以偷天換日？這也難怪，你的男友確實長得人品端正，兼且風度翩翩，完全不像一個生意人。上次徵友的失敗，原來是上天要為你選個更好的。

那次見面之後，我對於你算是放下一樁心事，你從此依仗有人，有人照顧你和兒子的生活，再也不須驚慌失措。我跟你的認識是經保險客戶介紹的。那時你自動找友人說需要洽投保，我追問你為何想到買人壽保險，你說：「我丈夫剛於數月前去世，好好的一個人，忽然染病死了。曾有人要他投保，他不信，結果死後身無分文，累得我倆母子無依，現在我想到假若自己突然辭世，遺下兒子無靠怎麼辦？所以我即刻找人買保險。」我佩服你有這份警覺性，你自稱讀書不多，小學在上海畢業後，即出來社會做事，經人認識了在港的丈夫，來港結婚生子，沒想到只是幾年光景，自己成了寡婦。

丈夫死後，你把兒子寄養在娘家——上海，單身在香港的酒樓、飯店當侍應。你長的相貌是典型的上海人，皮膚白皙、唇紅齒白、丹鳳眼秋水盈盈，很惹人愛，只是說起話來略嫌太沖了，但認識得久了，也知你心地善良，並無惡意，我也不跟你計較了。大概你的朋友也不很多，你總是願意主動和我聯絡，彼此談談心事，所以你提出要我給你寫徵友信的事，我很自然就做了。

香港人有句俗語：「有異性，無人性」，你交了男朋友後，大概有一年時間沒見你，偶然來個電話談談情況，知道男友給你買了房子，實行金屋藏嬌，你又嚷著學英文、學駕駛、學做生意，你男友大概要刻意把你塑造他在香港的事業接班人。這當然是件最好不過的樂事，我替你開心。由來好景不常，有一天我在辦公室接到你的來電，你恢復了大吵大嚷的本性，你氣沖沖地說：「玉瑩，可否為我寫一封信寄到台灣？」我問：「給誰？」你答：「給我的仇人，更可以說是情敵。」我再問：「她是你男友的妻子抑或是愛人？」你激動地答：「她不是他的妻子，而是替他在台灣管生意的女人，這是男友告訴我的。她在那兒的店裡已經管事多年，我知道她一直暗戀他，但是現在他有了我，我希望他能辭退她，我可以去台灣代她的位置。」我開始覺得越說越不對勁，我追問：「你是要我給你寫封恐嚇信吧！」你決斷地說：「沒錯，我要告訴她，她的老闆現在外頭有了心上人，她應該識趣離開他，不然我會找人對付她。」我邊聽邊冒汗，然後氣憤地說：「我不可以為你寄這封信，你知嗎？這是個犯法的行為，俗語有云：『得饒人處且饒人』，你不要輕舉妄動。」這一通電話最後我們是不歡而散。

幾年之後，我的手提電話又傳來一把熟悉的聲音，久違了的你又進入我的生活節奏裡，性情躁急的你，匆匆召我見你，你說有很多話要跟我說，我剛好有空，立即約到茶樓品茗。我邊吃點心和品茗，邊聽你細說多年來的生活概況。男友吹了，「金屋」

也賣了，剛好屋價低，沒賺幾個錢，卻虧了感情。你慨嘆當年用情太激烈，男友不滿你干預他在台灣的感情，他是個到處留情的人，你犯了他的大忌，香港情人管台灣情人！使不得。安分守著香港的金屋，他會按時給你家用，但你野心太大了，他受不了，結果分手收場，你的金龜婿美夢也落了空。但經此一役後，你似乎變得踏實多了，把兒子從上海接出來讀書。那天我第二次見他，他已經是個十二歲的孩子了。

又過了一陣，忽然接到你的電話說：「昨晚我在電視看了你和丈夫的節目，原來你這些年受了如許的苦楚，很抱歉我那時沒幫你什麼，反而為你添麻煩，現在都雨過天晴了，你好好地和丈夫過平常日子吧！最後拜託你一件事，如你丈夫在哈佛有同事要找伴侶，麻煩你們給我介紹，好嗎？」我聽後只作莞爾一笑。

第九回　小金蓮　雙親情緣薄

小金蓮被抱到何家的時候才兩歲大，眼睛亮亮的頂討人愛。何家是大戶有錢人家，家中人丁繁眾，單是何太太的娘家親人已經坐滿一桌子，加上何先生的親屬，又是另一桌子吃飯的人，幸虧何先生做的是大生意，處處需要人手幫忙，這一籮子的親人，正好派到廠裡去，才不致白蝕米飯錢。

何先生原來已有三女一男，女兒都早已成家。兒子最小，卻早已成年。何先生平日閒散無事時，尤覺膝下空虛，遂托人抱了小金蓮回家，一來可以幫助她的貧苦父母卸下重擔，二來可以陪伴自己歡度日辰。

小金蓮來了何家，的確是給何先生添了歡樂，卻為其他某些親屬帶來妒忌的情緒，小金蓮越乖巧，他們越發不喜歡她。何先生在家時，護著她沒人找她岔子，一旦何先生出外公幹去了，小金蓮就成了個多餘的人。何太太沒有特別喜歡她，也不會討厭她，態度是一貫的不冷不熱。小金蓮是個聰明的小精靈，知道何太太不大喜歡她，她感到難受。

時光一晃過了十年，小金蓮漸漸長大了，原來偏黑黝的皮膚變得白嫩了，亮晶晶的雙眼更顯得黑白分明，流轉亮麗了。蛋臉圓腴有致，嘴邊長了笑窩，平日不笑也顯得笑靨可人，這麼可愛的一個人兒，試問會有誰不疼她呢？但偏偏她的一個表姐卻常常妒恨她，在大人面前學舌造謠，叫她沒好日子過，幸好何先生仍然疼她護她，但何先生身體日漸衰老，她每天睡覺之前都跪在床上向天主禱告，祈求祂賜長壽予養父，因為只有養父才可以保護自己。

有一天何先生有事要到廣州，何家的一個男丁表親，借酒意跑到小金蓮的房間裡，肆意暴露自己的身體，嚇得小金蓮破了膽兒，卻被那表叔要挾恐嚇，不准她張揚此事。她把這醜事埋在心裡，每到夜深人靜之時，她偷偷地哭泣，或時常被噩夢驚醒。從此她不再快樂，何先生以為她因為青春期臨到而煩惱，竟沒有詳細追問她煩惱的原因。就這樣默默地過了幾年，何先生在七十歲那年患了重病，不到一月就在醫院裡過世了。

那年她剛好十八歲，正唸畢中學。她從何家搬了出來，何先生給了她一些遺產，足夠她過幾年舒服的日子。她找到一份工作，開始了獨立的生活。但那件醜事的驚嚇仍是沒完沒了地纏繞著她，令她夜裡無法安睡，於是她利用喝酒令自己安眠。初時確可助她入睡，但酒精的需求越來越多，她往往把自己灌醉了。早晨起來感到頭痛欲裂，不只一次她告假不上班，長久下來，她丟了工作，心中的愧疚感卻更為強烈了。

孤單的日子過膩了，她請求抱她到何家的老傭人替她尋找親生父母。皇天不負有心人，半年後，親人找到了。她按地址到了一幢舊房子的二樓，門開了，一陣嗆鼻的油煙味跑到鼻孔裡。一位老態龍鍾的婦人，躬著背站在門前向她微微點頭，囁囁地問她找誰來著？她報以羞澀的笑容說：「我找陳權先生和他的太太，我是陳金蓮，是他們的女兒。」老婦聞言，一手把她拉到懷裡，絮絮地說：「金蓮，我就是你的媽媽，劉媽說你要來找我們，我不相信你真的就尋上門來。媽媽把你送人，真對不起你。只是當時家境太窮了，沒法子才將你送給別人，你可以原諒爸爸媽媽嗎？」她一連串地跟女兒說著話，忘記了請她進入屋內。進了屋後，老婦引領她往前挪動，一條走不完的長走廊，漆黑如隧道，最後到了房間。房裡點了如豆的燈火，四邊牆壁起了斑駁的油紋，除了一個高身立地衣櫃之外就是一張四尺方寬的木床。床上躺著一個人，他的面側向著牆壁，無法分辨出是男是女，但從呻吟的聲中，猜出大概是個男人。她正在納悶之際，媽媽輕輕上前，把男人的肩膊扳轉過來，然後細聲細氣地說：「爸爸，你醒醒來看看我們的女兒金蓮，她回來了。」那爸爸睜開了微腫的眼睛，用疑惑的目光看著金蓮。金蓮一時反應不過來，沒有喊他爸爸，只怔怔地望著他出神，心想：「我今年才二十歲，怎麼爸媽都已成了老人？」無論如何她現在總算是個有根的女人，猶勝於無依無靠地過日子。

金蓮原來有兩個哥哥，一個多年前犯了案被關在監獄裡，另外一個哥哥當海員，到了遙遠的南美洲去，一年也難得回家一次。爸爸近年患了矽肺病，不能工作，只好在家休養。媽媽需要照顧病人，幫傭的工作也無法做。他們就靠著一筆工業受傷賠償金過活，生活十分清苦。認回父母後的半年裡，金蓮搬回父母家同住，為的是要照顧他們。對於從小嬌生慣養的金蓮來說，實在並不容易習慣於貧苦的生活。為了可以擺脫貧苦的環境，她必須尋找到一個有錢的子弟結婚，才可以妻憑夫貴，讓父母也可以過好日子。

二十二歲那年她遇上了一位富家子，情投意合之下結了婚，以為從此可以飛上枝頭變鳳凰了。誰知過了兩年，丈夫要提出離婚，理由是妻子患了性冷感。打從結婚的當夜，她就托詞頭痛而沒跟他行房。第二次正欲行房的時候，她告訴丈夫，她還是個處女，希望他小心點兒，不要弄痛她。他是個憐香惜玉的丈夫，經她這麼一說，他猶豫了，加上缺乏性經驗，又是無法達成性交。跟著的兩次，臨近性交前，她表現得如臨大敵，整個人都僵硬地躺在床上，動也不動的，一副準備受刑的樣子。他看見這情狀，什麼性趣都消失了。但他畢竟是血氣男兒，總會有生理需要的時候，但想到妻子的緊張樣兒，他又泄了氣，況且性愛這回事，應該是雙方都享受才有意思，不應單為了自身的發洩而做。自問自己是個現代男人，對於尊重妻子的意願，是十分重要的。過了一陣，做妻子的可能覺得愧疚了，竟然主動誘惑挑逗他，但不知怎麼一回事，這次是他成了性無能，做什麼也無法硬起來了。這次之後，性交彷彿成了他們之間的禁忌，誰也不再願意提出來了。有情無慾的婚姻是很難維持的。

金蓮知道自己性冷感的原因是什麼，是那次受到的性騷擾造成的後遺症，她一直做著噩夢。為了顧全自己的體面，她沒有把自己的複雜身世告訴丈夫，她害怕夫家的人會輕視她，沒想到那醜惡的經驗會破壞了她的婚姻，現在她又被打回原形，從養尊處優的少奶奶變回為口奔馳的打工女郎生活。這次她沒有搬回父母的家中去，她對於父母有種莫名的怨恨，後悔自己與他們相認。她認為父母間接毀了她的婚姻，決定從此再也不跟他們聯絡，要遠遠地避開他們。

她以後的生活會是怎麼樣的呢？據說她過得很不快樂：沒親人、沒朋友，因為她把自己關在自建的感情囚牢裡，再也出不來了。

金蓮的遭遇委實令人同情，因為她年少時受到的性騷擾而導致日後的性冷感。其實這種心理病是完全可以治癒的，婚前她應先跟丈夫交代清楚，或找個心理醫生傾談一下，把罪疚感去掉，問題就會迎刃而解了。

第十回　怨嫦娥　傷情驚鴛夢

美兒是我少年時代的玩伴，她是我爸爸朋友的女兒。那時我媽媽仍在英國，爸爸常把我帶在身邊，到友人家搓麻將。美兒是家中的獨女，跟我年齡雖差了近十歲，但我們仍然談得很好。多少個星期天我們結伴在她家附近逛街，有更多的時候在家說著悄悄話兒，有時兩人實在悶不過來，想到站在椅子上，偷看大人們在房間裡幹些什麼事，一次我一不小心跌倒了，被大人發現我們的頑皮行為而被教訓了一頓。後來我媽媽從英返港，爸爸減少了個人活動的時間，而且我因為進了大學，整天跟班上的同學在一起，逐漸跟美兒失去聯絡。聽說她後來去了美國留學，後來我也到了美國讀書，也想過找她但總沒聯絡得上。

回港後幾年，我的情緒出了問題，需要看心理醫生。沒料到，在那兒竟遇上了闊別多年的美兒。她的長相沒多大改變，除了美麗之外，只是比以前更多了些雍容高貴的氣質，我端詳了半刻鐘才敢把她認出來。我們都十分開心能遇上，立即約定看過醫生後，就在附近的咖啡店見面。

我們坐在咖啡店裡，初時的五分鐘都在「相顧無言，惟有淚千行」中度過。話匣子打開後她告訴我，她最近患了「產後抑鬱症」：每天不想起床，也懶得打扮自己，終日蓬頭垢臉，在房間裡哭。嬰兒被保姆照顧，自己正眼都不想瞄他一下。但每天大清早起床，坐在客廳的桌上，擬定僱傭們該做的各樣事情，事後仍然對他們挑三揀四的，挑剔不已，弄至他們怨聲載道。有些傭人實在受不了她的囉嗦，憤而辭職，結果三朝兩頭換保姆、訓練保姆，使她原來低落的情緒更加一沉不起，心理壓力大到瀕臨崩潰的邊緣狀態。

她說：「有天黃昏，我獨自躺在床上發呆，忽然胸口感到一陣難受——萬念俱灰的念頭縈繞腦際，揮之不去。」她同時有種求死的衝動，一時讓她推辭不得，她於是一躍而起，正要推窗往下跳去之際，嬰兒哭聲從門縫傳進耳鼓裡，彷彿在說：「媽媽！你不要離棄我，我很需要你！」就是這一陣的呼喚聲，把她從死神手中搶回來。

經過這次的交談，我們又再度聯絡上了。我倆都患著情緒病，都缺乏動力約見對方。我那時經歷了婚姻失敗，一個人過著日子，總覺得別人的境況都比我好。美兒在我眼中應該是個幸福的女人——她有一雙活潑可愛的兒女、溫文俊朗而又能幹的丈夫、家境富裕、華衣美食享用不絕、居住在山頂華廈：背山對海是萬中挑一的好環境，又有什麼好憂鬱的呢？

有一天，她忽然約我吃午飯，吃飯時她情緒表現得十分激動。她說：「爸媽眼看就要從澳洲返港定居，我不想他們知道我的現況，尤其是爸爸，他從來就十分疼愛我，因此常招來媽媽的妒忌。我年少時，媽媽常趁爸爸不在家時痛打我，大概她在跟女兒爭寵吧！我有時都會懷疑：我是媽媽的親生女兒嗎？從我結婚的第一天開始，我就要證明給媽媽看，我所擁有的一切都要比她強，絕不可讓她知道我患了抑鬱症。」可能是她這股好強的心志，令她很快脫離了病魔的糾纏，待到她父母回港之時，她的病已痊癒了一半。

美好的時光匆匆過了幾年，我們每次見面都談得很好，直至有一天，她哭喪著臉來跟我說要和丈夫離婚。她絮絮不休地哭訴著：「我丈夫一直都很忙，一個月總有一次外遊公幹，我從來都沒有任何疑問。他是個生意人，出差談生意是天公地道的事情，沒想到他最近親口跟我承認說：以往每到一地都有召妓的習慣，是他的一個豬朋狗友替他安排的，無非是為了找尋性滿足，也許跟我這幾年的性冷感有關；最不可以原諒的是他試過召不同膚色種族的妓女，他說純粹是性享受，絕對不談真感情。」我問她為什麼這回老公會自動向她承認過錯？她說：「他這沒良心的死鬼！從鬼混中惹下了性病，還把它傳了給我，上星期我作例行婦科檢查，醫生說我患了陰道疣病——是性病的一種，能從性交中傳來。我聽後，回家質問他，他一時心慌，於是把過往多年的艷事都和盤托出。我頓時氣憤極了，一怒之下跑了出來，這幾天都住在旅館裡。」我聽了，當時不曉得如何反應才合適。所謂：「寧教人打仔，莫教人分妻（夫）」。我只好安慰她，著她三思而後行，她一雙兒女嗷嗷待養，更需要父母的愛，何況她當了少奶奶多年，一旦要身兼兩職，絕不是件易事。於是兩個感情脆弱的女人，暫時只好灑淚而別。

過了一陣，我們再次見面，她神情顯得鎮靜多了，她休休地說：「看來我還是不要離婚了，那死鬼丈夫向我認錯，誓神劈願地對我保證以後不再拈花惹草。我回心一想，孩子需要爸爸，我需要一張長期飯票，況且我還有愛他之心，兼且我要讓媽媽知道：她的女兒是個好媽媽，也有個幸福的家庭。」最後我跟美兒說：「不離婚或許是較好的選擇，但我總不希望你全為別人而活，你知道自己最想要的是什麼？那才是最重要的。」旁觀者永遠是清醒的，那時的我又何嘗知道自己要的是什麼呢？

第十一回　東洋妞　錯嫁薄情郎

英子是我乾兒子的媽媽，我第一次遇見她，是在我住的那幢大廈的升降機裡，她帶著三歲的兒子到八樓找朋友，我們在裡面點頭打招呼，她著兒子叫我，我逗他玩，之後我們時常在附近碰面，總笑著點頭或搭訕一兩句話。她的廣東話有種特別的口音，甜膩膩的，後來認識多了，才曉得她是日本人說廣東話，她只來了香港三年多一點，成績算是很好的了。

有一天她帶著兒子上我家，請我替她的兒子補習功課。初時我認為她兒子才上幼兒班，沒什麼需要補習的，但她說兒子唸的幼兒園是名校，中文、英文的功課都很深奧，在她懇求之下，我只好答應了。

從此她每天把兒子送到我家，補習完畢，由我送回他家。從那時開始，她稱我為李先生，每次見著她，她都躬身行禮，這是日本人的禮儀吧！加上她那甜美的笑容和聲音，令我對日本人的惡感都因為她的親切誠懇行為而減少了。她真可以當上日本駐香港親善大使。

她是日本九州人，大學到了東京唸書，在那兒結識了一個越南華僑的留學生。她不顧家人的反對，願意下嫁給他，並且離鄉別井到了人地生疏的香港，開始學習廣東話。兒子生下來之後，她在家照顧兒子，平日跟兒子以中、日語夾雜著說話，更灌輸很多中國歷史知識給兒子，告訴兒子說他是個中國人。她的思想廣闊，絕不狹隘如一般的日本人，在中日戰爭的課題上，她承認日本侵華的差錯，她曾經在一封給我的信上，代表她的國人向我致歉，我被她的真誠感動了。

她是個十分良善的女子，在美麗的外表裡更擁有美麗的心懷，她很相信從小訓練小孩子疼愛小動物，他們將來都會變得良善而具愛心。在她家的陽臺，她替兒子養了各種小動物：如白兔、小龜、小狗、金魚，還有小白鼠等。她每天除了照顧兩個兒子之外，這些小動物都佔去她不少精神，但因為她的用心良苦，她從無怨言地照料好這偌大的一個「家庭」，使人和牲畜都活得身心愉快。

如此的一位美麗賢良的妻子，理應是受到丈夫的百般寵愛的，偏偏她的丈夫又是個極端的大男人。在最初的年日裡，英子仍然年輕貌美，我想他是對她不錯的；到兩個兒子年齡漸長，那所謂在婚姻中的「七年之癢」，慢慢呈現出來了。他開始夜歸，他告訴妻子是因為生意上的應酬要他夜歸，英子生性柔順，更不願跟丈夫吵鬧，於是丈夫更加肆無忌憚地在外面交女友了。

英子越來越不快樂，她學會了吸煙，她用煙來減輕心靈的壓力。偶然我跟她吃頓午飯談天，她都是煙不離手地吸著：一枝接著一枝的，我們勸她不過，只好送她塑膠的香煙濾嘴，希望助她稍為減輕香煙的毒素。她曾經語帶淒涼地說：「香煙是我唯一的心藥，我不能沒有它的。」我們都知道她不開心，她卻從不向友人訴苦，她丈夫的惡行都是後來她兒子跟我說的。

可是，她丈夫對她的呼來喚去，並沒有在朋友及下屬面前稍加遮掩。有很多年她在丈夫的公司工作，丈夫時常因為公事的爭拗責罵她，有天我剛巧在場，眼看她被丈夫罵為「笨蛋」、「蠢材」，我為她難過極了，她反而處之泰然，絕對沒有還口，只是默默地低頭工作。我看在眼裡，心想：她真的不生氣嗎？又或者她把怒氣都壓在心裡。

很多年之後，她的丈夫竟然在外面金屋藏嬌，她為了維持家庭的完整，對丈夫的風流事不聞不問，照常每天替丈夫處理公司事務，而他竟然從不給她發薪金，他的理由是：她在家有穿、有吃、有住，要薪金來幹啥？她就是這樣為他做了十多年「義務工作」。

有一年，她實在氣不過來，藉著她回日本娘家之便，留在娘家不回港，丈夫等得不耐煩，多通電話打到日本去，甚至請求她回家，她一時心軟，又回到家裡來。不到一時，丈夫又故態復萌，對她喝罵如前，她後悔自己沒有留在日本。

英子很喜歡閱讀，尤其是中文書籍，有關於經濟、歷史、政治方面的她都愛讀，記得我在美國多年，期間她給我寫信多封，大都討論時政社會的。面對面說的話反而不多，大多是微笑著聽我說，她偶爾才答上一兩句。

我跟歐梵結婚之後，約了她與兩個乾兒子和媳婦晚飯。之前，我們有好一段日子沒見面。那晚，忽然發覺她老了不少：原來烏黑油亮的頭髮變成灰白了，臉龐的酒窩成了嘴角的一道深痕，溫柔而明亮的眼睛失去了昔日的神采，笑意在溫柔中帶著更多的無奈意態。她的話更少了，似乎只有一句：「李先生，請不要客氣。」啊！她仍稱我李先生，彷彿又把我拉回到少年的年代。她兒子倆稱我為乾媽了，她還是如此禮貌周全地稱我為先生。

那一頓飯之後兩年，我的抑鬱症在波士頓復發，回港後被中醫治癒。有一天我給乾兒子致電，順談我的近況，乾兒子央我也為他的媽媽介紹中醫，他說：「媽媽最近患了老年癡呆症，她把很多事都忘了，尤其是眼前發生的事情。她開了洗衣機忘記把衣服放入內清洗、煮飯忘了關火、出街忘了帶鑰匙，諸如此類的事情每天都發生。我們帶她看精神科醫生，醫生說：『媽媽以前受的精神壓力太大了，每天都活在極度的緊張之下，現在一旦解除了警戒，她什麼事都記不起來了。』媽媽於去年偷走出來了，現在跟我們住在一起，我們要她好好地生活下去！」

英子離家出走！這消息實在太驚人了，如果不是她的兒子鼓勵，大概她是沒有勇氣逃走的。她多年來已經接受了自己的多舛命運，記得有一次她跟我說：「唉！丈夫是我自己選的，當年我不惜與父母反目，跟丈夫結婚，今時今日我沒有回頭的退路，我怕家人譏笑我，我只好認命了！」難怪以前外婆時常告誡我說：「女人最怕嫁錯郎」。對於某些女人來說，這句話何嘗不是千真萬確的呢？

又過了幾年之後，她同時患上老年癡呆症及柏金遜症，住在醫院形同廢人，每天靠護士給她餵食，捱過十多年才去世，那時已經不似人形了。可幸兒子孝順，不時抽空去看她。到她去世之時，丈夫竟然沒有去參加她的喪禮，慨嘆她的丈夫也真的太無情了。她就是這樣過了一生，令人惋惜。

第十二回　家庭事　清官也難斷

我認識你是經友人介紹的，那時你還是個年輕女子，長得千嬌百媚：細長眉毛、一雙盈盈的眼睛，總是對人似笑非笑地流動著；嘴唇豐厚而小，像一彎新月掛在俏臉上，特別顯得天真純潔；因為你皮膚生得白皙而細嫩，叫人羨慕上帝造你時是頗為肯花心神的。雖然你的容貌是如此的娟好，但你的態度卻是渾然天成，絕對沒有一絲驕橫，你對待自己真是隨意不過，大概是你有一顆善良的心，感到周遭的人都長得如你般姣美，你並不覺得自己是比別人突出，所以你活得自在，也不自鳴得意。由於你的悠然自在神態，我第一眼就喜歡跟你交朋友，雖然我們在同一個地方生活的時間不多，但我總是願意和你保持那種不疏不密的聯絡。

有一年的暑假，我從美國回港，你很高興地告訴我，你結婚了，還把新婚的丈夫介紹給我認識。你的丈夫長得英俊瀟灑，身材高大卻不肥胖，文質彬彬的很少說話，我和他也是一見如故，倒覺得可說的話題很多。往後我在美國待了多年，在此期間，我們彼此互通書信，信中總是無話不談；最初的兩年都是談些家庭瑣事，你似乎頗滿意那時的婚姻生活，丈夫工作，你則做了個全職家庭主婦。其實你也曾受過大學訓練，大可找個輕鬆一點的工作打發時間，但家庭收入豐裕的情況下，你選擇了賦閒在家，這也未嘗不可。之後，從你的信中，開始感到你有點兒不快樂：開始埋怨丈夫工作太忙，時常夜歸，對你也沒有像之前的溫柔體貼。我每回讀你的書信，對你總有種說不出的牽掛，但大家單憑書信往還交談，常有說不清的迷惘，細想你溫婉動人的神態和溫柔敦厚的性格，試問哪個丈夫不把你視為至寶呢？若說丈夫的態度有變，可能是工作太忙了，又或者是你生活太閒了。如此這般的信來信往又過了幾年，你的怨言越來越多，信卻越來越疏，最後幾乎絕了音訊。

一九八八年底我又回到香港工作，約會幾經轉折，我們終於見面了。我們見面的地方是在一間情調浪漫的咖啡店，我早在那兒等你，你姍姍地遲到了三十分鐘，在門口進來了一位皮膚白皙的中年肥胖女人，你四處張望，我們四目交投，若不是你先向我招呼，我實在認不出眼前的人是你。天啊！你怎麼改變得如此多！我們不見才只是五、六年光景吧！歲月的痕跡在你原來娟秀的臉龐著實做了不少功夫，原來清澈如秋水的一雙妙目成了混濁的魚目，沒有一點神采；兩片紅唇像脫了水的青瓜片，歪歪地掛在枯黃的圓臉上；悠然自得的神態被神經兮兮的笑容取代了。算來你才三十多歲，為什麼竟成了步履遲緩的中年人？我簡直不敢相信，眼前跟我相擁的竟是實實在在的你。

擁抱之後，你坐下來，一句話也不說，低下頭只自顧自地哭起來，我一時慌了手腳，不知如何給你安慰。先問你別後情況，你越發哭得淒涼。你說：「我不想活了，我得了子宮癌都有兩年了，化療之後情況還是不大好，服藥的副作用又大，情緒憂鬱得很。丈夫每天工作至深夜始回，回來時我已經睡了，早上他又上班去了，我們一天沒說上兩句話，有時實在熬不住跟他吵嘴，晚上他回來得更晚，我更沒處找到他！」我聽後當下打了一個寒噤，暗忖：「為什麼好好的一段婚姻一下子成了怨偶？妻子病了，丈夫不是應該照顧她嗎？是什麼令她的丈夫變得如此寡情？」我問你：「是否覺得他外頭有了新歡才如此對待你？」你聽後，哭得更傷心了，你恨恨地說：「我知道他外面是有了人，不然，為什麼這幾年都不跟我親熱？是因為我變得老醜了嗎？」你的懷疑並不是完全沒道理的吧？我得找他來質問一下。

但凡婚姻出現問題總不會是單方面的錯。那天我找到你的丈夫來探討你倆間的問題，他當然會把現實的另一面講給我聽，我聽後當場啞口無言，再也找不到理由責備他。是什麼樣的一種力量把一個原來溫柔甜美的妻子轉化成多疑善妒的潑娘子？我實在無法想像你結婚兩年之後，忽然變得終日疑神疑鬼，懷疑丈夫在外頭有親密的女朋友，每天丈夫回家你總向他嚴加審問關於他白天的一舉一動。他辛苦工作原是為了給你更好的物質生活，你一點也不憐惜他的辛勞，反而捏造事實，說他外頭金屋藏嬌，故需要加班工作，他說過不只一次向你立誓表示忠心於你，但你卻絕不相信他的忠誠。我們的媽媽都告訴我們說：「男人最愛的是面子，當然更需要妻子的信任。」難道這些你都不知道嗎？他對你說盡好話都招來侮辱，他告訴我說：「我沒有在外頭金屋藏嬌，連一個親密女友都沒有，只是她令我太傷心失望，她之於我再也激發不起性趣，我在她面前漸漸成了性無能的男人！我只能從工作裡尋回失去的自信，更可能是以工作來逃避失敗的婚姻。多年前我提出離婚，她不願意，前年她得了癌症，我更加不會再提出了，我怕別人罵我不忠不義，現在看來，我的一生算是完蛋了！」他哭喪著臉跟我說了這段話。

唉！清官難審家庭事，我還是撒手不理吧！有天在路上遇見美雲，她是把你介紹給我的朋友，她大概是你的好朋友。我們相約坐下來，談談你的問題，談論的結果，令我恍然大悟為什麼你的性格忽然劇變，成為一個不可理喻的女人。原來你出生在一個破碎的家庭，父母早在你出生之前已經離異，你母親不堪生活壓力的逼迫，患了嚴重的精神分裂症，就在你婚後兩年死在精神病院。你受此刺激之後，性情變得怪異，由於你不能接受母親死於精神病的事實，所以你不輕易告訴朋友，很有可能連你丈夫也不知此事。可憐你獨自把這件憾事埋在心裡，相信你也患著抑鬱症而不自覺！

我和美雲談呀談呀，談得眼淚都湧出來了，我們能夠為你做些什麼呢？所謂「心病還須心藥醫」，但你的心藥又是什麼呢？除了你自己，沒有其他人知道。世間可憐的女子又多添了你一個，奈何！他和你本來是天造地設的一對，可惜結婚多年之後，卻成了癡男怨女，為什麼呢？還不是因為彼此缺乏溝通之故嗎？如果你們願意敞開心懷，把積在心裡的疑惑都和盤托出，兩人合力克服你的心理障礙，恢復幸福婚姻的日子還會遠嗎？

第十三回　俱往矣　琴瑟本和諧

「琴瑟和諧」本來是值得別人稱羨的。唸大學時圓圓跟張強是同班同學，他們老遠從各自的家鄉跑到上海上大學，學的都是音樂；男的主修小提琴，女的主修鋼琴演奏。他們平日很多時聚在一塊練習各自的樂器，在陰暗的琴室裡特別容易產生情愫。大學畢業後，各自回到自己的家鄉找到教職，二人天南地北分居兩地，最終難耐相思之苦，圓圓決定北上跟張強結婚。

兩人這段姻緣真可謂是珠聯璧合，更是琴瑟之婚盟：女奏的是琴，男拉的是瑟。他們結婚的時代，正值日寇侵華的當著，婚禮進行期間，日本戰鬥飛機在頭頂經過，自此以後的多年，他們成為逃難夫妻。直至輾轉逃到了香港，才開始過較安定的生活。

生活雖然粗定下來了，但仍然過得很苦。圓圓的出身本來不差，父親算是位江南才子，略有祖上餘蔭，一家生活算是小康。張強父親是生意人，頗懂經營之道而稍有積聚。誰知內地在一九四九年之後，財富成了罪證，可憐這「地主」被批鬥死了，財產當然蕩然無存。這是張強四十年之後才知道的事。

初到香港，生活艱苦。原來十指纖纖的圓圓，除了教書之外，還得在家養雞育兒，操持家務，捱得腰瘦背痛，還不幸得了骨髓病，癱瘓在石膏床上一年才得痊癒。在此期間一切家中細務均由張強主持，他們真做到了患難相扶，也不失為琴瑟和諧。

夫婦兩人為了生計，每天就是昏頭昏腦地忙：忙於教書、忙於管教孩子、忙於家頭細務。忙碌的生活都是千篇一律的刻板模式，沒一點新姿彩。

歲月是無情的，把夫婦兩人的熾烈愛情消磨得退了火氣，只剩下潺潺而流的溪水般情感，再沒有一絲的殺傷能力。圓圓平日忙於工作，回家又張羅家務，到了周末，她似乎意識到丈夫留在歌詠團的時間越來越多，回到家也很少跟她說話。至於張強也發覺自己願意多花時間在歌詠團，尤其喜歡跟團員淑珍談話。她的聲音甜美、善解人意、人又聰明，她的錯處一經他指點，即時就改正過來，能有這樣的一個學生，真是件賞心樂事。周末在家孩子吵死了，指揮歌詠團成了他的避難所，是因為有淑珍在那兒就感到舒泰。他對她並沒什麼非分之想，只想多和她說說話，如此而已。

對於張強的家庭來說，這樣的一段難以言喻的感情，確實是改變了夫妻兩人的琴瑟和諧關係。圓圓的感性多疑性格給她帶來了焦灼不安，她的第六感告訴她，丈夫在歌詠團裡有了心上人。本來她可以光明正大地提出質問，可是，她懦弱的性格令她不敢直接揭穿丈夫的秘密，於是她竟然命令自己的一雙兒女，著他們跟蹤丈夫，試圖找到更多的證據，再「揭竿起義」。

彼此信任是幸福婚姻的奠基石，一旦信任沒有了，幸福的基礎便開始動搖。丈夫花更多的時間在外面從事教育工作，圓圓有較多的時間在家教授鋼琴及管教孩子，但她漸漸變得沉默，沒說出口的話語都盡量悶在心裡，逐漸變成了一個不快樂的女人。

夫婦相對無言的情況默默地過了幾十年，有一天大家都退休了，子女都離開了，兩老單對單的時間更多，相對沉默的日子也更多了。丈夫張強性情好動，每天早晨起床跑步，回家幫忙做些家務，就開始了一天的充實生活——早上寫作譜曲，下午欣賞電視提供的球賽節目。有時候來個午睡，也可以縮短無聊時刻。晚飯後看一下電視新聞節目就上床睡覺。丈夫如此周而復始地輕鬆過著時日，妻子圓圓的日子卻過得既沉悶而又缺生趣：她從不愛運動，早上起來晚，家中有個幫傭給他們燒飯。計劃每天兩頓飯的菜單是圓圓的重要大事。她的胃口很挑剔，吃葷吃素難決定，濃淡口味更是馬虎不得。菜單弄好了已經是上午過了一半的時間。吃過午飯後，圓圓不睡午覺，也不串鄰居門子。鋼琴早已不彈了，靜靜的午後時光，叫她想起很多煩心的事：兒子在美國的生活是否過得好呢？女兒很久沒有來信了，她的孩子長得又有多高呢？唔！我今早起來肚子有點不舒服，是我身子出了什麼問題嗎？上月商業銀行的存款得了多少利息呢？是否應該把款子拿出來，轉到另外一所銀行裡賺更多的利息呢？她整個下午就是這樣的想著各種繁雜細碎的事物，直到傭人叫吃晚飯為止。

晚上應該是別人休息的時刻，圓圓倒成了無事「忙人」。吃過晚飯還不到八時，便開始做她的例行公事——洗臉、漱口、洗澡、洗衣服。這三洗一漱通常花去她三個鐘頭的時間。到她做完了一切，丈夫張強早已夢會周公去矣。一天的時光，他們沒太多的時間談話。偶然要談的時候總是拌嘴收場。圓圓總覺得丈夫不夠體貼，張強卻認為妻子太過嚕嗦，總之，他倆的琴瑟早已不彈了，無從知道是否和諧了。

年年日日重複的動作，持續了二十多年，直至有一天瑟的弦斷了，人死了，琴的聲音從此成為絕響。她搬離了舊址，把琴賣了，再也不重彈舊調了。她與女兒同住，以前每天做的事、想的事大都免了——菜單免寫了；兒女孫子都在眼前，免想了；銀行利息賺多少由女兒去操心，免想了。身子渾身不舒服，是什麼毛病呢？血糖有多高呢？昨晚的鹽多吃了些，今早肚子痛，要緊嗎？還有……自己身體的問題，是免不了要想的，她有的是時間，盡情想吧！反正夜裡時常失眠，多花時間清潔自己的身子，又有何不可呢？

第十四回　樂觀女　慘遭性騷擾

陳黛玉是我早年認識的朋友，她是個十分漂亮的女孩子，每次我們見面的時候都是笑意盈盈，令我感到也很開心。我們時常手拉著手一起上街遊玩，不認識我們的人，以為我們是同性戀者，其實嘛，在香港的社會裡，這種行為是十分普遍的，一點都並不稀奇，我們都是十多歲的小女孩，更加是平常不過的事情。所謂「把臂同遊」嘛，我們一起去吃零食，一起逛百貨公司，雖然我們口袋裡都沒有太多的零用錢可以買些什麼東西，但只要欣賞一番已經很開心了，甚至只夠買兩顆糖果已經感到心滿意足，兩人喜孜孜地回家去了。

整個的少年日子就如此這般的過去，我們每隔幾天即見面一回，做著這般有趣的事兒，其實我這人因為有著不愉快的童年，獨處的時候往往悶悶不樂，時常對月興嘆，多愁善感，倒有點《紅樓夢》裡的林黛玉的性格，而她名叫黛玉卻性格相反，跟她在一塊兒玩，常被她的樂觀開朗性情感染。故此我特別喜歡和她在一起，每回見面之際也都是非常開懷，我們十分珍惜會面的日子。

可惜這樣的日子並沒有很久，我們因為大家都上了大學，應付功課壓力大了，沒有太多的時間見面。雖是如此，我們的感覺仍然沒有多大的改變，每次見面依舊興致濃濃的，依然欣喜莫名，趣味不減。我們也都十分珍惜這段緣分，所謂「人生得一知己，死而無憾」，願意一生能以誠相待，已經於願足矣。我相信她也有這份感覺。

可是，世事難料，誰會想到後來事情轉變得那麼離譜，令人難以置信？我後來再次去找她見面的時候，她都避而不見，我感到十分奇怪，因為見不到她，我無法得知原因。後來從另外一個朋友口中得悉，是她家裡人不讓出來見朋友，尤其是我這種好朋友。我感到忐忑不安，不知道發生了什麼事？我倆的友情如此深厚，為什麼會這樣呢？為了這事，我一次又一次地試圖找她，都不得要領，我只好怏怏返家。

如此這般又是幾年過去了，終於有一次她願意出來見我了。我當然十分欣慰，可是見著她的時候，她本來笑容滿面的樣子不再出現了，換來的是一臉憂戚的愁容，她哭著對我訴說這幾年發生在她身上的故事。

以下就是她對我說的故事，內容令我震撼異常，簡直難以置信。我經她的同意，一一道來，但還是覺得我的文字太平淡乏力，無法表達。她說：「子玉，唉！這幾年發生的事情太多了，我羞於見你是有原因的，我不想我的事影響到我倆的友情，發生在我身上的事情太慘了。這次見著你，我忍不住告訴你。自小我成長在一個不正常的家庭，媽媽早年離了婚，和生父分開，與養父生活，感情也過得去，但和我的感情十分一般。媽媽日間出去工作，因為家中錢不夠用，我日間還得半工讀，幫助自己交學費，回到家已經疲倦不堪，還要幫忙媽媽做家務煮飯，因為媽媽的工作很繁重，夜裡很晚才回家。通常我和後父先睡覺，在很多個晚上我躺在床上的時候，後父之手就滋擾我，其實就是強姦我，我時常呼天不應叫地不聞，十分難受，後來實在禁不住跟媽媽說了，還遭媽媽責罵一頓說：『你為什麼這麼不懂事，故意說爸爸的壞話呢？我警告你，你以後再這麼說我不再跟你客氣！』我求救無門，只好去找社會工作者說去，沒想到他們也不相信我，我沒有別的辦法，只好自己想辦法。於是我決定離家出走，遠走他方，從此再不回家，獨立在外頭租了一間房間住。可是我不知為什麼，在外頭也遭遇到不少男人的性騷擾，我為什麼會如此不幸呢？連我自己都不知道為什麼會這樣。我只好減少出門，但情況仍然沒有改善，我就是不認命，每遇到這事情我更大聲呼叫，讓警察先生來幫我。後來發生的次數少了，我更知道做人不能軟弱，不然別人會來欺負我。我深信一句話：『人善人欺天不欺』，這樣我的心也就安定了不少，靠此渡過了難關。可是，事情不是如此就安然渡過，在往後的日子裡，我的遭遇並沒有好過，而且是變本加厲的痛苦，這是我意想不到的。但是我還是不認命，我認為事在人為，仍然相信上天不會欺騙我的，這種信念我仍然堅持著。可是事與願違，魔鬼的手仍然不放過我。

當然我依然堅持努力地生活下去，在往後的日子照舊生活。我在就讀的學校，遇到一個男同學，他初時對我大獻殷勤，每天和我課後討論功課，對我好得很，過了兩年我們順理成章地結婚了。結婚初期相處還可以，但過了不久，他性情大變，時常在我不在家的時候帶女友回家姦淫，這是鄰居告訴我的，我知道後立即向他提出離婚，恢復單身的生活，沒有自憐自怨，努力生活，務求讓自己過得更好。這樣我已經心滿意足，雖然經濟上捉襟見肘，但生活仍然是可以的。

往後我找到一份工作，在工作的地方認識了一位男士，他文質彬彬的外表吸引了我，我們交往了一段日子後，又再次結婚了。婚後生活過得很愜意，一直沒有生兒女，丈夫對我也不錯，我以為這次找對了人，逐漸又回復樂天爽朗的性格。結婚初時，我們的性生活還可以，但往後幾個月，丈夫對於性愛的怪癖出來了，每次性交竟然要用鞭子打我，他才得到高潮，這種做法，令我十分反感，多次請求他不要這麼做，他也照做不誤。初時我勉強忍受，但人的耐力是有限度的，於是，我又只好離婚了，再次回復單身的生活。可是事情並不是因為離婚就可以解決，那男人每天找上門來。對我諸多滋擾，因為他離開時沒有把鎖匙交回給我，有天趁我不在家時，竟然進入家裡把家具全部搬走了。我返家後十分後悔之前沒有向他取回門鎖匙，只怪自己太相信人了，這時要怪他也沒有辦法。人就如此，一再相信人就是我的弱點，要改也是很難的，只好接受自己了，幾經辛苦努力賺錢才把被搬走的家具重新添置回來。」

「子玉，我本來以為我自己以後就可以自由自在地生活下去了。沒想到過了幾個月，我無意中又結識了另外一位男子，這男子是在一間貿易公司裡的經理，他經濟能力不錯，我以為自己不需要在財務方面照顧他了。這次我們沒有結婚，只是同居在一起。有一天我因為工作太疲勞了，在下班回家的路上昏倒，醒後即刻給他致電，希望他送我到醫院作檢查，他竟然說他沒有空，我只能硬撐著自己叫的士到醫院去求診。醫生說我子宮生了惡性腫瘤，得在醫院住一段時間治療，我只好聽話了。雖然我知道自己生了毒瘤，但我仍然沒有半點驚慌，我知道每個人都會生病的，我就乖乖地待著吧！現在我一個親人也沒有，只好自己愛護自己了。一段日子過去了，我終於可以出院了。沒有人來接我出院，自己打車回家去，對著一屋的家具，依然每天自己照顧自己的起居生活。我並不怨天怨地，我感激醫院的醫生努力地照顧我，我不知道自己哪天會死去，但是我在世的日子，一定要堅強地活下去，才不負父母賜給我的生命，辜負我這一生。」

故事聽完了，我為她難過，她是一個堅強的女人，但是她一生的故事是不幸還是愚蠢造成的呢？只好由讀者自己去評價吧。她的名字偏偏叫黛玉，這又是代表些什麼呢？似乎有種反諷的意味。

第十五回　憶往事　母女相對泣

大約三年多前的一天，我跟瑪莉通電話，她說她媽媽前幾天心臟病發，把她送醫院去了，仍留在醫院裡休養，情況還可以，沒有生命的危險。瑪莉的媽媽夫家姓史密斯，她跟丈夫離婚已經三十年了，一直沒有再婚，所以仍沿用夫姓。她生了兩個孩子——一男一女，瑪莉是她的大女兒。她們不是住在一塊兒；女兒在費城工作，媽媽則住在康乃狄克的一個小鎮。

說來史密斯太太住在同一間屋子已有三十年了，是她已離婚的丈夫給她買的。離婚那年她才剛過了四十歲，也沒有工作，就靠了前夫為她安排的贍養基金生活，過得也頂舒服的。至於她的精神是否愉快呢？只有她自己才知道，當然女兒瑪莉也曉得，因為瑪莉一直照料著她，幾乎每天都給她打電話，幸好瑪莉還是單身，可以有多點關注她的時間。兒子住得遠，照顧不多，就是沒有女兒來得貼心。

瑪莉是一個非常懂得關心人的美國女人，我跟她認識遠在八十年代初，她在芝加哥大學唸書的時候。這二十多年來，我們都維持著朋友的關係，無論在哪兒，她都主動地與我聯絡。彼此的交往從來沒有間斷，每隔一段日子，我們總是藉著電話互訴心曲。

就是那一天她匆匆來電話說了幾句有關她媽媽進醫院的事後，過了半個月，她又來電說：「媽媽還在醫院裡，她的康復情況不太好，她的腿不能走路，需要坐在輪椅上。物理治療每星期三次，要訓練她走路的信心，她死命不肯走，我們都沒有辦法，只好順其自然。我想她是活得太疲累了，有一點放棄的意思。說來她的一生也真夠累的！我要同情她嗎？也就是可憐自己，我可不能可憐自己，因為這樣會叫我情緒憂鬱的，那我怎麼有力量再給媽媽支持呢？」她的一席話，我當然了解她的意思，自來母女的關係都是錯綜複雜的——是怨是恨、是情是愛，總是分不清楚的，中西古諺都有名言：「有其母必有其女」就是這個意思。

瑪莉其母又是怎麼樣的一個人呢？為什麼瑪莉說她活得夠累的呢？自從跟瑪莉交友以來，她斷斷續續跟我說著她媽媽的故事：「我媽媽的童年過得非常不愉快，她父親是個酒徒，時常酒後發瘋，虐待他的妻女，有次還當著我媽媽的面強姦了他自己的大女兒。這件家庭慘事我媽媽一直忘記不了，在她幼小的心靈上留下了很深的一道傷痕，直接造成了她日後的酗酒習性，幾乎終其一生無法根除，由此也摧毀了她的婚姻。我爸爸跟媽媽離婚的時候，我才十二歲，那年暑假完了，爸爸把我送到一所寄宿中學，我住在學校裡，有長假期才回到媽媽的家。弟弟年紀太小了，跟著爸爸過活，白天由傭人照料，爸爸晚上回家和他在一起。至於媽媽就搬到紐約附近的一個小鎮處，是爸爸給她買好的屋子。」

本來好好的一個家庭，四口人分成了三頭住家。是因為史密斯太太沉迷杯中物，無法照管家庭的事務。丈夫十多年來一直苦苦規勸引導都不成功，沒有彌補她幼年時所受到的傷痕。

瑪莉告訴我：「媽媽以前時常做著惡夢，夢中的她被她父親打罵，自己哭個不停。有時更在夢中看見自己被一個醜男子作性侵犯。她不停地做著此類惡夢。尤其是當她現實生活裡遇到壓力的時候，她不知如何應付，很自然就以酒消愁，於是越喝越多。酒精沒有令她的壓力減少，反而增加了內疚感，內疚感又衍生了低落的情緒。因此日復日、年復年地沉迷下去，最後到了無法自拔的地步。除了飲酒，她還吸煙，她覺得香煙可以鎮靜神經。爸爸對我說：『你還是嬰兒的時候，你媽媽已經開始吸煙，有很多次，她一手抱著你，一手拿著香煙往嘴裡送，燻得你猛咳嗽，她就是不理，我是個極之討厭煙味的人。她嘗試過戒絕一段日子，後來又再抽吃了。』」

史密斯太太出院後，回到自家的屋子，她的腿仍然乏力行走，她需要仰賴輪椅代步，於是一日三餐都需要傭人照顧。瑪莉每個周末開四小時的車往媽媽家探訪，星期日晚上又是四小時車程回家，到家時都已夜深，第二天一大早又趕著上班。她的日子真辛苦，她不只一次跟我吐苦水，但她是唯一可以照應她媽媽的人，她感到既無奈而又辛苦。

如是者又過了幾個月，瑪莉決定先把媽媽送到安老院去，然後賣掉媽媽的屋子。賣之前需要收拾整理，都很費功夫。有天瑪莉又來電話說：「我花了兩個周末的時間才把房子收拾乾淨，媽媽吸了三十年的煙，把整間房子都燻黃了，而且地氈都吸了煙臭味，我特別請了清潔工人來除臭，才勉強可以把房子出售。」我想房子除了充滿煙臭氣，還有很多她媽媽的冤屈氣。試想一個失婚的獨居女人，想到自己的丈夫被另外的女人佔有了，自己除了不愁衣食之外，又得到些什麼呢？女兒和兒子又跟自己不親，現在都年過七十了，陪伴自己不離不棄的是憂鬱的情緒，還有童年一些細碎的痛苦回憶。

其實痛苦的回憶，豈止單折磨著她一個人呢？我知道瑪莉一直都見著心理醫生，企圖把童年的不愉快經歷從腦海中除去，精神科藥物服了多年沒有停止，藥物的副作用令她身體發胖。已經過了適婚年齡，仍然過著單身的生活。她說：「父母失敗的婚姻對我影響太大了，我無法跟異性有長久的密切關係，是我不信任的心理作祟呢？也可能是我太缺乏安全感！我總覺得男人不可靠，唯有靠自己是最實在的。」最近她跟男友同居了，我問她：「瑪莉，現在你跟男友生活，是否感到較快樂呢？」她休休地說：「我沒有比以前變得快樂多一點，只是多了一個人過日子，感到踏實了一些，但自由自在的感覺卻減少了。」

第十六回　父女情　分薄夫妻愛

那一夜邦興從醫院回來，只看了睡中的兒子一眼，就回到自己睡房裡，累得眼睛都睜不開了。跑到洗手間去淋浴，誤把洗頭液當作沐浴液用，是睡魔的手死命地把眼皮拉合下來，令她看不清楚了。想到日間經歷的事情，忍不住悲從中來，大聲嚎哭起來，洗頭液的泡沫混著淚水潺潺地流下，分不出多少淚水多少梘液，直等到熱水轉冷了才停下來。幸好有這討厭的電熱水爐做了她的止淚器，不然她可以一直哭下去，令自己昏死過去也說不準。但現在的情況是她可以大哭，卻不可以死，因為她爸爸才剛被送到醫院去。她要照顧他，她不可以死。

今早的一切，就跟往常不一樣，都八時了，還未見爸爸起床，平日那個時辰，他早已起床為一家人做好早餐了。好豐富的早餐啊，煎雞蛋、炒火腿、焓蕃茄，還有烘麵包，熱乎乎的咖啡把未完全醒來的腦細胞喚起。兒子的校服也早已穿好了，是爸爸幫的忙。七時三十分她準時起床，梳洗之後即坐下來吃著爸爸做的早餐。一家三口：爸爸、她、兒子這三代人，就十年如一日地溫馨過著每一天。

七時三十分來到客廳前，兒子還沒起床，早點也未做，她慌忙跑到兒子房間，把他喚醒過來。自己臉也不洗了，口也不漱了，趕緊下廚預備早點，邊做邊惦念著爸爸。他今早為什麼起晚了，這是前所未有的事。八十多歲的老人了，他常說：「年紀越大，睡眠的時間越少」。他老人家身體向來健朗，從來都不需看醫生。今天晚起是否昨夜失眠了？就讓他多睡一會吧，送了健鋒上學回來再喚他好了。

邦興送了兒子，回到家裡，坐在客廳裡改考卷，過了一會，她爸爸就起來了，說他身體不舒服；他邊說邊向著她坐的方向走來，還差兩步到她眼前，突然「嘩哪」一聲，碗大的一團殷紅結晶體從爸爸的口中應聲吐在地上。她定睛一看，不得了！是鮮血結成球狀物傾盆而出。爸爸也看見了，嚇壞了！他一時雙腿發軟，跌倒在地上。忙亂中她把爸爸扶到沙發靠著，並致電緊急求助熱線去請救護人員來急救。

她幾乎忘記了是怎樣把爸爸抬到醫院的。爸爸被推到急救室，她被一群醫生及護士擋之於門外，只說：「家屬在外面等消息」。她等啊等，不知過了多少時間，她只聽見自己的心跳聲，其他的沒有一絲兒動靜。她的腦海空白一片，剛才在家時的震驚都消失了，有那麼一剎間，她問起自己來：我為什麼坐在這兒？我剛才不是在家改著學生的考卷嗎？

忽然間急救室的門開了，醫生神色凝重地跟她說：「根據初步檢查結果，林先生患了末期肺癌，最後結果則有待其他化驗才可確定。他現在必須留院觀察，況且他剛才吐了一大碗血，現在身體比較虛弱。你可以入內陪伴他，先不要跟他說病情，怕影響他的心情。」

入到病房，爸爸閉著眼睛側臥在床上，聽見有人的聲響，微微睜開雙眼，見是女兒，咧開魚肚白的嘴唇笑了。她上前拉著他的手，放在自己的嘴唇上，輕輕地吻了一下。這麼一吻一放手之間，她記得自己還是小女孩的時候，爸爸每天晚上都在她的床前，給她講故事，完了就拉起她的小手親吻一下，才出去替她關燈關門，她總是帶著甜蜜的笑意沉沉睡去。她媽媽生了她一個月就得了什麼「產後風」歿了。爸爸是個工程師，他十分關心國家大事，所以給她取了邦興這名字，大概希望祖國強大興盛吧！媽媽歿後，他身兼母職，日間僱人看顧她，晚上回家伴著她，兩人共睡一床，直至她上了小學。爸爸太疼愛她了，決定終生不娶，怕繼母會虐待她。

父女相惜相依幾十年，她過了適婚年紀才結婚，為的是不想離開年邁的爸爸。十年前她三十五歲，遇上現在的丈夫皓文，兩人一見如故，爸爸勸她結婚說：「爸都七十多歲了，總會有過去的一天，你需要有自己的家庭，年紀太大生孩子不好，你有了孩子我可以幫你帶，這不是很好嗎？」她問皓文，如果婚後跟爸爸一起生活是否願意？他說願意。就這樣過了幾年的好日子，健鋒出生後，由爸爸幫忙照顧。

一九九七年前後，移民潮興起，皓文提議移居加拿大，她不置可否。他遞了申請表，想到批核需時，先不忙決定。過了兩年申請批准了，她需要決定是否移民加國。她猶豫了，爸爸老了，把他留在香港實在不放心，卻又無法帶他同去。她拖延了大半年，最後還是決定不去，丈夫獨自先去，拿到居留證後再回頭辦理她母子倆的。

皓文在加拿大呆了三年，回到香港的家，他們之間的感情產生了微妙的變化，像感情的心湖滴落了幾點油，有幾分生分的感覺，怎樣也攏合不起來。他後來在港島找到一份工作，嫌離家路遠，藉故搬到他媽媽家裡去住。於是三口之家分開兩頭住，關係更日漸疏淡了，大家不提離婚是顧及兒子的感受。邦興說：「我自幼失去媽媽，兒子沒有爸爸也是有缺陷的。」

去年的新年過後，我和她通電話，問她可好？她悲傷地說：「爸爸月前過世了，死前病了三個月，壯健的一個人一下子變得精瘦，我看著他一天比一天瘦弱，心都碎了。健鋒不懂事，他外公死前的幾天，他不肯到醫院探他，大概他怕見到瘦骨如柴的外公。你知道嗎？我失去爸爸比失去婚姻更感到悲傷，我和他相依四十多年了，沒了他我的日子怎麼過呢？」我想她還是個未經長大的女孩，以為可以在爸爸的庇蔭下永遠過下去。

我想邦興的丈夫和她離婚，原因之一可能是她跟爸爸太親近了。丈夫娶了她，還拉著一個爸爸，連移民都為了爸爸不能走，而捨去了丈夫，身為丈夫的皓文，可能會感到邦興對他的感情還及不上她的爸爸？所以他漸漸從她的身旁淡出了，這是一種人為的悲劇。她永遠是爸爸的小女孩，丈夫未能取代他的地位，她離不了他，一手把幸福的婚姻毀了，把兒子的快樂也隨著爸爸的逝去而帶走。這是不適當的做法，她應該自覺到這一點，不然，她終身不會快樂。

第十七回　話淒涼　好女兩頭瞞

很多年前的一個晚上，翠兒來了電話，她說立刻要來找我，那夜她不走了，有很多話要跟我談。翠兒是我中學的同班同學，畢業後，我們各奔前程，我唸的是中文系，她則進了師範學院。但我們仍然時有來往，我和哥哥跟兩個表哥合租一套房子，平日招來很多年輕人來家談天說地，翠兒便是其中之一，談晚了便跟我共席而臥。那夜她說要來過夜，我自然表示歡迎。

她一進我家門口，沒跟其他人打招呼，一手把我拉進房間，並拉上房門，神經兮兮地和我說：「這次我完了！我明天要到醫生處檢查身體，看看有沒有患上性病。」我被她這段話搞迷糊了，為什麼忽然間懷疑起自己患了性病？她氣沖沖地說：「我爸爸前天跟我媽媽承認，他二十多年前患過性病，病源是從妓女處惹來的，因為羞於啟齒，一直秘而不宣這件事，自己找醫生治理，過了幾年病才痊癒了。問題是他一直和媽媽行房，媽媽也懷孕三次，換句話說我和兩個哥哥都可能染上性病了，所以媽媽非要我們做身體檢查不可。」我聽後，也很氣她的爸爸，哪裡有這麼不負責任的男人呢？在外頭拈花惹草還把病毒帶回家，禍及妻兒，他太可惡了。

幸好體檢結果：他們一家人都奇蹟地沒染性病。翠兒又如常地過她的輕鬆愉快日子了。她的爸爸雖然生性風流，對家庭的照顧也總算負責，那幾年生意做得不錯，家裡的日子過得挺富裕，加上她的媽媽是個賢慧婦人，對兒女極之疼愛，故翠兒未出嫁之前，確實是隻快樂的小鳥。

師範學院畢業後，她找到一份教職，沒兩年又找到如意郎君——他是她的一位同事，長得斯文英俊，是家中的獨子，從小跟著寡母過活，母親對他寵愛有加。他們要結婚之前，翠兒來我家促膝夜談，我曾經提醒過她說：「婚後要跟婆婆同住，你要小心應付啊！」她不以為然地說：「維明說他媽媽很愛他，以後一定會愛屋及烏地對我好。」她既然對前景這樣樂觀，我也不好掃興。只是我一直惦著她要跟婆婆同住的事情，怕會發生什麼事情似的。

翠兒結婚了，我去吃了她的喜酒，鬧哄哄的一個場面，認識了她的婆婆，個子矮小，不到五呎，臉龐尖削，聲音卻粗亮如洪鐘，看來不是怎麼容易相處的一個婦人，我更加替翠兒擔心了。我想翠兒會很快來找我談話的了，我記得外婆以前常說的兩句廣東諺語：「初歸新抱，落地孩兒」。這話怎說呢？婆婆對剛進門的媳婦是不能寵的，必須先給她來個下馬威，日後就好管治了。至於小孩一出生，也就先調教好，不然以後就難搞了。我說翠兒大概一進夫門就被婆婆整治了，這怎麼辦呢？

果然有一天翠兒找我見面了，我建議還是來我家，我預知她會哭，大概在我家會比較方便。我倆坐定後，翠兒說著她的近況，忍不住心酸地哭了起來：「玉瑩！我很苦啊！你提醒我的果真不錯，婆婆真難相處啊！她簡直不把我當個人來看待嘛！她兒子是寶，我是一根草，每天吃飯她總把好菜往她兒子前面堆；洗好的衣服，兒子的掛在太陽光底下，那我的呢？就掛在陰暗處，這還不夠壞的呢！常在維明面前對我好，轉過背當維明不在家時，總是黑著臉對我；好幾次跟維明說我的壞話，說我不懂做媳婦的規矩，你說這種女人是哪種心態呢？維明如果不相信她的話呢，我也就算了，偏偏他幫著他媽媽來教訓我，說他媽媽把他養育成人有多偉大，我們應該孝順她老人家，也希望我能做個好妻子，顧念他的一片孝心。我自出娘胎以來，從未受過這種閒氣，我媽媽把我視為掌上明珠，哪想到結婚果真是戀愛的墳墓，如果早知道他是如此懦弱的一個愚孝兒子，我才不會跟他結婚了。最慘的是：這些事情我都不敢跟我媽媽說，怕她替我擔心。我真是有冤無處訴，只有對你說了。」

翠兒的事情，我跟她的妹妹說了，她妹妹也覺得不應告訴她媽媽，她幽怨地說：「要是媽媽知道了，一定會很心痛，卻會感到無奈。她那一代的女人都會教女兒要啞忍，她時常教導我們一句話：什麼『好女兩頭瞞』，就是要當媳婦的不要說婆婆及媽媽的不是。」

這句話是何等的耳熟！我外婆也曾說過這樣的一句「至理名言」。就是這句話，不知鬱死了多少媳婦！

翠兒畢竟不是古代婦女，她忍耐力到了某一個程度就飽和了，待到她的孩子誕下來滿週歲，她便跟丈夫提出離婚。維明覺得妻子無理取鬧，好好的一段婚姻才維持了三年，現在兒子都生下了，離婚豈不是毀了家，妻子好好地做好媳婦的本分不也就成了嗎？他不要離婚，還大大地數落了翠兒一回，翠兒傷心極了，她覺得丈夫太不體諒她，她無法跟他生活下去。於是她收拾行李離開了，她很想把兒子帶走，但維明母子死硬不讓，婆婆說：「我們李家的骨肉哪能這樣就給你帶走！」翠兒沒法，只好孤身而行，思量以後再向法庭爭取撫養權。

翠兒又恢復單身了，但她再不能來我家傾訴心事了，因為我已經到美國讀書去了，她離家的事我都是從她的來信中得知。對於她要離婚的事，我苦苦地勸告了她一番，請她三思而後行。所謂：「寧教人打仔，莫教人分妻（夫）」，又是一句從小聽來的教條，我們這一代也曾受到傳統的影響！明明都已經是二十世紀了，還是擺脫不了傳統的殘餘勢力。

翠兒最後還是離婚了，但拖延了五年才辦好了法律手續。因為丈夫不同意，又跟她爭兒子的撫養權，期間他們母子都不讓翠兒見兒子，她多方想辦法才偷偷地見了幾次，但兒子對她毫不認識，也不肯喚她作媽媽，她傷心透了。法庭最後的判決是兒子歸丈夫，理由很簡單，她兒子才一歲她就離開了，她沒有負多大的教養責任，何況兒子也不認識她。

又過了很多年，翠兒一直沒有給我寫信，我去信她也沒回音，她好像消失在人海茫茫的香港。八十年代的最後一年，我回到香港，終於找到她了。可是她改變了，她變得沉默，跟我有一句沒一句地說著話。原來炯炯有神的雙眸變得呆滯，沒了神采；原來苗條的身材走了樣兒，有點臃腫；臉色枯黃，完全不是原來的翠兒。她有氣無力地說：「那一天，離婚判決完了，我回到家裡，晚上還沒有什麼感覺，到了第二天上課後，回到家忽然間感到萬念俱灰，心臟好像被人用手扭得緊緊地發痛，腦子卻是空空盪盪的，對於那五年所發生的事情都忘記了。留下的只有深沉的憂鬱情緒，很想哭卻榨不出眼淚；喉嚨乾嘶嘶的，發出的聲音有如狼嚎的悲鳴，把我自己嚇了一跳。從那天開始，我決定不上課、不見人、不上街，每天無日無夜地睡覺，只吃一頓飯，十天之後的早上醒來，我狠狠地哭了一頓，開始記起我為什麼會這麼的不快樂，慢慢接受了既定的事實，第二天我回到學校上課去了。」

我聽著她的話，眼淚都快流出來了，那種萬念俱灰的感覺，對我來說是最熟悉不過了，她只不過想跟自己的兒子一塊兒生活罷了！她那可惡的婆婆是否有設身處地的為她想過？母愛是最神聖的感情。翠兒的一生就被這短短八年的婚姻毀了，其中所受的感情傷害，似乎是她既要忘記卻又不可以忘記的痛苦記憶。

婆媳不和的問題自古就有，我覺得婆媳能否和平相處，關鍵在於丈夫是否懂得處理，一個懦弱的兒子會刻意順著母親的主意，要求妻子順從婆婆，媳婦就苦不堪言了。有些婆婆是極之不善反省的女人，她們做媳婦時受了婆婆的閒氣，等到自己當了婆婆，往往又虐待媳婦，如此因循下去，婆媳關係永遠不會好。如果兒子是一個有主見的人，他會知道怎樣在善待母親的同時，也曉得體諒妻子的立場，從而維護她，這樣婆婆自然就不敢對媳婦不好了。

第十八回　女博士　求子情殷切

第一次在劍橋見著你的時候，我家鬧哄哄的來了一批撿舊書的人。那天我們預備搬家，許多書要送人。你來撿舊書，我順便也送上新書《過平常日子》給你，這是我和丈夫合著的書。你接到贈書，如獲至寶地翻閱著，還要求我送你一張近照，並指定要親筆簽名的。事後我們一大伙人到飯店吃飯，你一直坐在我的旁邊，不時用眼睛瞄著我，拉著我手說話，我就知覺到你是個十分感性的女人，可說是我輩中人。之後我倆能夠成為好友，是意料中事。

大約過了十天，歐梵從學校辦公回家，帶來你約我吃飯的「伊媚兒」。我們吃的是日本菜，你從日本來，大概懷念那兒的食物，我又偏愛清淡的生魚味兒，那頓飯吃得十分有滋味。我們邊吃邊談，談得最多的是我和丈夫的書，你說這本書幾次令你感動下淚，你畢竟是個深情的女性，受到書中的真情感染而激動，是必然的事。

你告訴我：你一向在日本教書，來哈佛燕京學社作訪問研究一年，以後就要回去日本了。日本不是你的國家，你在那兒唸博士班，畢業後又找到工作，一溜就過了十多年。雖然日本人歧視女性，但工作環境好、收入好，你也習慣了那兒的生活。父母、丈夫都在中國，每年回去三兩趟也是十分方便的。夫婦不常見面，見著時總可以甜甜蜜蜜地過日子，難得吵架的機會。

從你提到丈夫時，臉上顯現的溫柔神色，我猜你有著一段幸福的婚姻吧。當問到你是否有兒女時，你登時雙目含淚，我被你的反應嚇呆了，莫非我觸動著你的傷痛處？你說：「我想當媽媽想到心都愴了！婆婆為了我不曾生下一兒半女而怪罪於我，丈夫知道罪不在我，時常安慰我，要我寬心。但我是母性特強的人，有次甚至發生了『誤診』事件，月經遲來了半個月，早上患噁心，吃什麼吐什麼，以為懷了孕，肚子似乎也脹大起來，後經婦科醫生診斷結果是患了什麼『假性懷孕』，是個假胎，是心理極度渴求懷孕而造成的假象。

每次我回到中國的家，就滿懷希望地努力『造人』，但每回都無功而還，眼看年紀漸漸老大，有孩子的機會卻越發渺茫，而我要當媽媽的決心卻沒有稍減。於是我的心情更輕鬆不起來，我開始時常失眠，我估量這是長期的焦慮所造成的後果。」

那一次你來我們家，遇見小羅那未滿週歲的小女兒，你爭著要抱她，登時眼睛發亮，亮光中含著一層淚水。淚水中隱約見到母性的溫柔，也有說不出的羨慕和妒忌。在此之前，我曾勸勉你說：「其實人一生有多少兒女，都是命中註定的，強求不得。」你似乎也聽進去了，但那次表現的熱切，可能一時仍未完全看通透吧！

又有一次我們就生孩子問題談得更深入，我連續向你問了幾個問題：你現在沒有孩子，是不是感到很自由自在？你答是。你跟丈夫一起度假的時候，是否很開心呢？答案是。一旦有了孩子，這種開心自在是否就會失去？你說大概會失去。最後我問你：「你之如此迫切想生孩子，是否要向你婆婆證明，你是隻會生蛋的母雞？」你說：「我倒沒有仔細考慮這個問題。」這個問題是較為深層的，如果繼續追問下去，可能會迫出一個隱蔽的答案。

這答案的背後卻跟我們的傳統文化連上關係，我們從小在傳統文化的氛圍中長大，終日耳濡目染之下，逐漸形成一套自我存在的價值系統。你雖然留學東洋多年，但基本價值觀仍受到中國的影響很大。「不孝有三，無後為大」的觀念是不容抹殺的。你是新中國的一代知識分子，對傳統有著反叛的力量，但三千年的深厚歷史文化傳統，恐怕不是靠著個人力量就推翻得了。更何況你確實是受到婆家的壓力，你性格上的一份好勝及執著，把不生育這問題轉化成自身的失敗，那當然為自己製造了很大的心理矛盾了。

矛盾的心理往往會釀成不大不小的麻煩。我們只是一年沒見，今年又再次會面的時候，我感覺到你變了，有點兒神經緊張，眼神裡更有些憂鬱的況味。在咖啡館裡，我問到你別後情況，你訥訥地說：「我和丈夫正考慮離婚，去年他來劍橋找我，住了一個月，我們之間的關係變得很客氣，沒一點應有的熱情，所以事後我們開始談到離婚的可能性。」我連忙問你說：「他是否有了女友？」你回答說：「沒有，我們結婚十多年來都分隔兩地，平時各自有工作和生活，每年我大約有三個月的時間跟他一起過生活。近兩年卻覺得有點太客套了，似乎我已經太習慣獨自生活了，有他或沒他的日子都感到一樣，那就失去婚姻的意義了，分開也未嘗不可。」我問你說：「跟你們沒有孩子有關係嗎？」你分辯著說：「大概沒有吧，多年沒有孩子也早已死了心，況且他也不在乎，反而是我比較在意，現在我聽到你的勸告，我也隨緣而安了，算了，離婚也是必然的後果。」你最後的一句話，說來有點言不由衷，你本來就是個重感情的女人，每個人結婚的時候，都以為是一生一世的事，誰會想到以離婚來結束關係？你又何獨不然呢？眼前的你，一臉落寞的神情，雖然你說是因為事業受挫而不快樂，如果你有幸福的婚姻，也不會在乎事業的成功與否了。不知道我這種說法你是否同意？但我可能說對了大半的事實吧？無論如何，我是希望你活得快樂，把你的心結快快解開，原諒我！我猜你心裡是有種說不出的疙瘩，你需要自己料理好，否則你的日子，不會感到快樂。

對於生兒育女這問題，我還有一些話要補充的。在我年輕的時代，也曾被別人稱為不會生蛋的母雞，我反駁說：「我是隻被知識閹割了的母雞，從此就不會生蛋，卻取代了公雞的司晨作用。我這有知識的母雞，知道自己選擇作些什麼，或不作些什麼。」旁人聽話後，都啞口無言。我媽媽也曾批評我，不生孩子是種自私的行為，她說：

「人生你，你生人，人類才可以世代相傳下去，這是件天經地義的事。」天經地義就如中國傳統文化中的三綱五常般重要。我這人反傳統，從不把傳統這包袱背在身上。要活得好已經不容易，傳統的包袱能丟就丟，背在身上壓死了自己誰償命來著？何況生兒育女是夫妻兩人的選擇和責任，並不是為了傳宗接代而做的。我的一生從來未受兒女的事情困擾，是因為我有自己的主見。

第十九回　服裝師　嚐盡人間苦

你是我認識的朋友中，個性最強的女性之一。在賣衣服的百貨公司中見到了你，當時你不斷向我介紹各種各樣的裙子和褲子，其中顏色有黑色的、深藍色的，也有紫色的，你說我皮膚白皙適合穿這些顏色的衣服，正好配合形象設計師的要求，我想你也是修讀過這門學科，我們的品味相同，自然變成好朋友了。因為你工作時間的關係，平日見面的時間多數在百貨公司收鋪之後，大家結伴吃頓晚飯。幸好你與婆婆同住，不用擔心急著回家燒飯。其實你是忙人，除了上班之外，你還需要陪伴丈夫及兩個未成年的兒子。他們兄弟兩人，其中一人還患有輕度弱智，要花的心力特別多，每天下班回家要花上兩個小時教他認字，但他的反應總是呆若木雞，不知你跟他說什麼。有些時候他的病況忽然加重了，還會出手打你，自己卻並不知道，但你卻從不生氣，耐力十足地教導他，希望他病情有好轉的一天。但這種病是十分熬人的，你除了教導他之外，逢假日得參加一些班，學習如何照顧有智力問題的兒童，你仍然非常願意參加學習班，以求可以盡量幫助兒子。你這樣的做法，經常遭到丈夫及另外一個兒子的不滿，因為你花太多的時間在這個兒子身上了，但是你不顧他們的怨懟，依然做著自己認為應該做的事，孩子是自己生的，不該丟下他不理，這是你所認為的事。如此日過一日，兒子的病況不但沒有改善，而且越發沉重了，你花在他身上的心力更加多了。

世事無常規，所謂「福無雙至，禍不單行」，丈夫忽然得了心臟病。他在一間貿易公司當經理，從大學畢業後進入了公司，但他閒時非常愛讀一些文學作品，在有空的時候總是書不離手，因為他好學之心十分強烈。你因為每日上班的時間很長，又得照顧著患病的兒子，真令你有百上加斤的感覺，但你從來不怨天怨地，努力地幹下去。你說日子難過仍得過，而且用心地活下去。我們有機會聚在一起吃飯的時候，你依然笑意盈盈地與我談天，從來沒有後悔嫁錯了人，其實你在未婚之時，娘家非常富有，如今卻嫁給了一個家境平平的丈夫。你每次回娘家都是大包小包的禮物送給爸媽，絕口不提自己家裡的難處，意圖讓父母安心。

有一天你回到家裡，婆婆告訴你丈夫忽然心肌痛，被送到急症室了，你立即趕到醫院探望，看見丈夫奄奄一息地臥在床上，你趨前問丈夫感覺，他回答現在心跳仍然很快，感覺依然很不舒服。你那天不敢回家，在丈夫床邊加了一張床，整夜無眠。早上回家，睡眼惺忪地回百貨公司上班，你對顧客依然盡力推售衣服。你依然受到顧客的喜愛。

家裡的困境雖然很困擾你，但你依然十分鎮靜地應付，在家照顧生病的丈夫，盡力教育兒子。幸好有婆婆在家為你分擔家務，給予不少的幫助，在丈夫和兒子都安睡之後，時常為你打氣，在她的鼓勵下得到很大的正面能量。可以說你就像是一個重新充了電的手機，每天如常運作。由於你在公司的良好表現，老闆非常欣賞，提高了你的職位，當了一名部門的總管，薪金提高了，剛好彌補了因丈夫患病而短缺了的收入，給你帶來經濟上暫時的安定，令致你可以更加專心於工作；也可以繼續帶兒子上學，雖然兒子的進步微小，你仍然不時地告訴自己，總會有撥開雲霧見青天的一天。為了幫助了解弱智兒子的患病程度，你不惜加強和其他弱智兒童的家長們更多的接觸，請教他們如何幫助兒女得到更好的照料方法，當然同病相憐，他們也十分願意分享教育兒女的心得，彼此的關注令你獲益良多，兒子病情日漸進步，更加強你和家長們的接觸，甚至找特殊兒童的專家求診，這樣的做法也十分見效。

可是「好景不常」，更令你煩心的事發生了；有天你回家，婆婆告知丈夫的心臟病又再次發作了，被送去急救的時候，人已經昏迷不省人事。好不容易醒過來了，回到家中休養，平日愛文學的丈夫，忽然發覺他的記憶失去了，以往雖不至於過目不忘，如今卻成了過目即忘，竟然留不住他當下唸的文字，把一字一句立即忘得一乾二淨，上文不接下理。他心慌意亂之際，更是焦躁極了，這原是他以往病中的唯一消遣，如今都失去了。在悲傷過後，他的脾氣變得很壞，每天在家責罵妻兒及母親，每天你回家，都遭受到無理的取鬧，你知曉丈夫的情況，當然是逆來順受，百般安慰他，卻沒法減輕他傷痛心情，當然你幫不了他的。但是被他罵，希望幫助他發洩一下脾氣，你每天任勞任怨、不發一言，讓他盡情地宣洩，直至他感覺該停口的時候，你才上床睡覺，但每次看見身旁的丈夫不發一言，你感到心如刀割，不得好眠，但是每日依然上班，帶著微笑面對顧客，盡忠職守，努力不懈地工作，絕對不肯讓家裡的事妨礙了自己的工作。

某一個星期天，丈夫忽然提出要求，要上街蹓躂，你當然非常願意陪他去，於是你們興高采烈地出門去。到了一個商場，丈夫告訴你，要你陪他去商店買一包老鼠藥，因為他每天留在家中，發現屋子裡鼠患嚴重，因為自己行動不方便，只好眼睛瞪著牠們為所欲為，可是鼠是有害於人的，他無法坐視不理。他要對付鼠患，必須有所行動，非要把牠們毒死而後快。你和丈夫買了藥回家去，那天丈夫的脾氣特別好，在床上睡覺的時候，和你談了許多話，但是在言語之中，有異於平時，你不疑有他，一夜安然睡去，你比平日安眠多了。豈知第二天下班回家，婆婆哭訴丈夫日間靜靜地把藥吞下死了。你當下悲痛欲絕，問自己可以跟隨到黃泉下和他相聚嗎？

你自然不可以這樣，以前多少人生的酸甜苦辣都嚐遍了，難道要自己的兒子以後的人生重複她的經歷？何況她還有一個年邁的婆婆需要自己的照顧，以補她喪兒之痛。你還是要堅強地繼續活下去。

第二十回　意難忘　心藥治心病

「曾經滄海難為水，除卻巫山不是雲」——這兩句詩可以說是慧美那時的心情。她二十五歲那年嫁給家明——她的大學同學，他們都是唸文學的。家明家貧，中學畢業後在洋行裡打工兩年才再考入大學。那時的慧美，清純而秀美，彷彿是仙女投生做人。故事發生在那一班歷史課堂中：一男生甫踏腳進課室門口，旋即撞倒迎面而來的小女生，不得了！她被絆倒在地，家明上前扶起她，她忘記了疼痛，卻只感到狼狽不堪；她還未來得及罵這名冒失鬼，已被他一手把自己拉起來。她感到粉臉燙熱，眼前的小子也是驚惶失措，這麼一撞一起一驚慌的連串動作，原來只持續了幾十秒的時間，但在他們來說，好像過了幾小時。

他們認識的過程也真夠戲劇性。從此他們成為好朋友，畢業兩年後，共賦關雎之詠了。如果他們就如此這般的從此過著幸福美滿的日子，那我的故事就沒法說下去了，由來好事正多磨，慧美經歷一番波折之後，又再踏上她的荊棘滿途人生路。

慧美和家明結婚，他們確實過了好幾年快樂的日子。兩人性情相投，家明是少有的溫柔體貼的男人，對於慧美的一舉一動，他都仔細地留意著，從來不會讓她感到任何的不快；至於慧美也是刻意做個好妻子。他們太恩愛了，決定不生孩子，是避免孩子分薄了他們為彼此付出的情愛。

他們夫婦同在一所中學教書，每天同上班同下班，簡直就是形影不離。古人曾說：「恩愛夫妻不到頭」，是不能白頭偕老的意思，為什麼呢？莫非上天妒忌他們太幸福？

慧美三十歲那年，家明患上一種非常罕見的血癌；血癌有很多種，有些病者患上了，只需服食特效藥物，便可以有很長的生存期，偏偏家明的這種，病情十分凶險，發病不到半年，病人的免疫系統已經受到嚴重的破壞。家明沒了胃口，人虛弱得連坐都費勁，終日躺在床上，連話都懶得說了。慧美辭了教席，每天廿四小時隨侍在側，她明明憂心如焚，卻不敢在家明面前表現出來，怕減弱了病人的奮鬥意志，要哭也只能悶在被窩裡，每天早晨梳洗完畢，總會為自己略施脂粉，讓自己看起來稍為精神清爽，這都是為了家明。

辛苦難熬的日子總是要過去的，病發之後的九個月，家明死了。慧美傷心欲絕，她想追隨丈夫赴黃泉路，卻沒有求死的勇氣。五年來，在家明細心的呵護下生活，慧美似乎失去了生活的基本能力：餓了她不會為自己做飯，冷了她不會加衣，每天從早到晚只會呆呆地坐在床上哭泣，也不跟親友聯絡，成天責備著自己沒有把丈夫照顧好，他才會生病。

有一天她的一位朋友找著她，才曉得她剛死了丈夫。這位友人剛從美國回香港找工作，她的專業是臨床心理治療師。她跟慧美是多年的舊交，近年留學美國，有好一段日子沒有見面，這次找到慧美，了解她的情況後，她說：「慧美，你要停止責備自己，家明的死跟你沒有關係，你要活得好好的，家明泉下有知他會放心的。你現在的精神狀態很不好，需要吃藥讓你變得輕鬆一點。」

慧美是得了抑鬱症，經過兩年的藥物治療之後，她的情緒漸漸恢復過來了，在此之前她已經回到中學教書。學校裡來了一位教物理的老師，年紀跟慧美相若，仍是個單身的漢子，他認識慧美時，她仍在患病，人顯得特別蒼白而瘦削，神情鬱鬱寡歡，很有一種楚楚動人的神態，令人易生憐香惜玉之心，他就是這樣看上慧美的。慧美在病中，對情愛之事沒大感覺，況且丈夫家明的一切仍時常在她的腦海中，她沒有想到其他男人。

慧美的病好了，生活過得較為正常，在幾次同事聚會的場合中，有兩次的機會被這位「科學怪人」送回家，「科學怪人」這諢名是文科的老師們給他改的。其實這人是真有點怪怪的，人多的場合裡他都靜坐一旁，不發一言，偶然才說一兩句話，別人都把他忽略了。但他對待慧美倒是很注意的，那兩次回家的路上，他跟慧美說了不少的話，她對他開始有了些好感，偶然在校門口遇上的時候，他們會一起乘地鐵回家。他們的家只距離兩站的路程。

他們是極之適合約會的，因為兩人住得近，約會後送返家也不費時。有了這點地利，「科學怪人」終於鼓足勇氣約慧美看電影，再吃晚飯。慧美閒著沒事，也寂寞，於是答應了他。約了一次就會有第二次，甚至第三次以至無限次。長遠約會的結果就到了結婚的關頭，慧美對於這次的婚禮似乎沒有多大的興奮，她之嫁給「科學怪人」是因為自己太寂寞，她需要一個照顧她的人，她雖然不怎麼愛他，但她知道他是愛她的，就這樣她再一次成為別人的妻子。

誰知道結婚不到一年，他們又鬧離婚了。慧美的心理治療師好友又來了解情況，慧美跟她說：「我患了性冷感，自結婚到現在，我們從來沒有真正地性交過，無論他如何挑逗、愛撫，我就是興奮不起來，反而會由不得自己地哭起來。初時他百般安慰，最後他也失去性趣了，再也不提這回事了。」她的好友說：「我想你的抑鬱症還未全好，你對家明的愧疚感並未消除，這種情緒內化了，就形成了性冷感。另外一個原因是某種抗抑鬱藥的副作用可能會影響性慾的。但你一天不把家明忘記，你一天就無法重新過新生活。」

慧美的故事是我從她姐姐那裡聽來的，她是我的好友，有次談起我的抑鬱症被中醫治好了，她便跟我說起慧美，希望也帶她去看看中醫。但我覺得「心病還須心藥醫」，她的心病是什麼呢？當然是她死去的丈夫嘍！可是人已經死了，只好靠著她自己勇敢地面對並接受這現實，漸漸把心門打開，疾病才會好的。

第二十一回　抑鬱婦　晚景獨傷神

楊日紅每天把自己關在屋子裡，沒有要事絕不出門，工作早退下來了。丈夫幾年前過世，她傷心了一段日子，雖然夫婦倆感情不是特別好，時常也有磨擦吵架的，但畢竟生活在一起已有二十年了，夫妻的情感總是有的，況且平常生活起居身邊有多個伴，總比如今掛了單的日子好過。

她初到香港之時，年紀才三十多歲，是當「過埠新娘」來的，什麼是「過埠新娘」呢？在那年代是十分普遍的事兒，據說香港女性少男兒多，男人過了適婚年齡，只好跑到國內經人介紹找對象了。日紅的丈夫老陳就是這樣跟她結婚的。七十年代中期之後，中國「文化大革命」完畢，政局初定，人心浮動，有機會都想往外跑。

日紅的一個遠親，認識香港的一些人，於是間接替她牽了紅線。那時日紅剛死了丈夫沒兩年，身旁又無兒無女，孤單一人，生活過得頗為清苦。她生得略具姿色，也頗有文化修養。「文革」之前唸完中學，在一間小學裡教書，後來跟單位裡的另一名老師結了婚。相安的日子沒過兩年，「文革」就爆發了。她的故鄉是在廣州城裡，那兒也算是革命火紅之地，紅衛兵小將到處找岔子，捉人封屋無日無之，知識分子往往是首當其衝。日紅和丈夫新民自然免不了受牽連，新民的父親年輕時也是個知識分子，前些時給他留下一箱舊書，沒想到這些書成了禍根。新民被打成反革命分子，被關到牛棚勞動捱苦。妻子日紅也免不了捱批受鬥，多少個半夜裡，紅衛兵上門抽查物證，又罰日紅大清早起床掃街；早上天仍黝黑未明，即要拿掃把摸黑出門，滴水不曾沾唇就掃到天色大白，不止一次，她昏倒在街道旁，醒來後仍繼續掃下去。這樣日復一日地幹著這活兒，過了悽苦的兩個寒暑。

好不容易待到丈夫從牛棚出來了，他之所以被放出來是因為患了嚴重的肝病，棚裡沒人願意照顧他。她把丈夫扶了回家，一路上他痛苦呻吟，整張臉孔病成蒼白中透著黃氣，嘴唇沒一點血色，原來壯碩的身材，都瘦成佝僂的一副骨架子，到了家她含著淚把丈夫安放在床上，他似乎已累得失去知覺。過了兩個月，他就死了。

從此以後，她悽悽惶惶地過著日子，不時回憶起革命之前的幸福時刻，丈夫跟她是相戀而後婚的，他們都喜歡文學，時常一起討論讀書後的心得。因為沒有兒女，生活過得十分自由自在，不用工作的星期天，總愛跑到郊外處遊玩：夏天泛舟於荔枝灣畔，欣賞荷花；秋天登上白雲山峰觀日出日落；春日融融的日子裡漫步於西關沙河一帶的街道，談著話，很容易又消磨了大半天的時光；冬天外頭北風凜冽刺骨，最好留在家中，圍著煤爐看書。這樣快樂的日子以為可以一直過下去，誰知一場「文化大革命」摧毀了他倆的好時光。

山長水遠地嫁到香港來，無非想找個可以依靠的人，婚前只約會過兩次，談不上什麼了解的，只要對方面目不討人厭，可以養活自己，哪能再有更高指望？

老陳是個老實人，在印刷廠裡當印務工人，小學畢業後就沒有再唸書了，他也是早年從廣州逃過來的，跟她算是半個同鄉。由於生性爽直，沒有敏感的心思，對於新婚妻子的多愁善感，就是不能了解，尤其對妻子在「文革」期間所受痛苦，更是不甚了了，在很長的一段日子裡，經常聽見妻子在半夜裡飲泣，最初他心中有點兒不滿，心想：「自問待她還很不錯，為什麼她還暗自哭泣呢？不知底細的人，會以為我在虐待她呢。」後來實在耐不住了，追問正在哭泣中的妻子，她才告訴他，她多年以來時常從惡夢中驚醒，夢裡都是紅小兵到家裡來搗亂，又把她推到街外毒打、批鬥，她驚得哭作一團，夢就醒了。諸如此類的夢一直纏繞著她，令她痛苦不堪。

她要努力把痛苦的往事忘記，工作是最好的忘憂藥物，她到超級市場裡當收銀員，繁忙的工作把她的腦袋充塞著，她沒有空閒的時間去想問題，回到家裡又得燒飯理家，完成一天的事情後，人已累得半死，倒頭便睡，一覺醒來又是上班時刻，她幾乎完全沒了惡夢，就這樣安安穩穩地過了十年光景。

初到香港時感到的焦慮不安、孤獨疏離感都通通自動散去。她開始找到幾個朋友，那天遇到休假，她也會跟三幾朋友吃茶午聚。閒時到書店買些小說閱讀，讓她尋回遺失已久的趣味，可惜找不到同好者和她討論其中的內容，很令她懷念起她「文革」中死去的丈夫。

好日子由來招天妒忌，丈夫有天在印刷工作時出了意外，一隻手腕被切斷了。雖然有工傷意外保險賠償，但丈夫因傷賦閒在家，坐吃山空，只靠她一份微薄的入息，家境慢慢變得拮据起來。加上丈夫悶坐家中太久，性情變得十分煩躁，動輒向她亂發脾氣，她除啞忍之外，無法給他任何安慰。心情鬱悶的人比較容易患病，丈夫受傷後五年，患了心臟病，有一夜在睡夢中病發而死了。

忽然間她又回復到獨身的生活，那時她已五十多歲，寂寞感較之二十多年前更強烈，工作之後回到家裡，孤伶伶的情緒令她無心做飯，很多個黃昏她頹然坐在沙發上發呆，直至日落西山，屋內黑成一片，她才猛然想起該是做飯的時候了。

這樣的日子不知過了多久，直至有一天我收到從報紙編輯處轉來了一封信：來信者是楊日紅，她說她患了抑鬱症多年，知道我的病被中醫治好，希望我能為她介紹醫生。我給她回了信，後來從中醫的口中得知，她果真去了見醫生，我默默祝願她早沾勿藥。誰曉得過了一陣，她停止了服中藥，我急了，去信問她的狀況，她告訴我，藥費太高了，她無法長期負擔下去。她把自己的故事告訴我，說自己是個沒指望的人了，要我以後再也無須給她寄信，免浪費我的時間。

我聽了她的故事後，對她一直無法忘懷，現在要寫一本關於女性的書，正好把她的經歷也包括在內，聊表我對她的懷念。

第二十二回　疑病患　愚女訪杏林

在醫院的病床旁邊高高架起的一台電視螢光幕，醫生跟我說：「你抬頭看看螢光幕」，我正側臥在床上，身上蓋上一片沉甸甸的金屬片，據我所知是用來過濾X光發出的光線。這些光線對人體有害的，當然要把它擋起來。順著醫生的吩咐，我斜著眼睛向上望，螢光幕上隱約出現一件軟綿綿的東西在收縮蠕動。醫生說這是我的胃，我怔怔地看著「胃」的東西出神，醫生說一聲向右轉身，我才回過神來。然後我又暗自責罵道：「胃呀胃，你這鬼東西，把我害慘了，你的能耐也真夠大，每天都來折騰我，又是痛又是氣脹的鬧個不停，弄到我坐立不安，心緒不寧，懷疑你出了什麼大毛病——癌這東西實在太可怕了，媽媽的好友，前年就得了這毛病，差一點賠上一命。我還年輕，我不想死，來這兒就是要弄清楚你在裝什麼神？弄什麼鬼？」忽然那洋醫生又用英文說：「轉身向左邊，謝謝！」這兒的醫生也太認真了，把我的身體翻來覆去地檢查和照X光片，原來他也是醫學院的教授，剛才還招來一班醫科研究生參觀如何作胃部檢查。

有天下午我獨坐家中，忽然聽見耳鼓裡發出嗡嗡的響聲，以為是由外面傳入的，用手蓋著耳朵再仔細聽，唔！是從自家的耳朵發出的。它是什麼樣的一種聲音呢？從哪裡來，往那裡去呢？前陣子才查看了胃部，謝天謝地，醫生說我神經緊張，疑神疑鬼，其實什麼毛病都沒有，說來也真神奇，知道結果的當天，胃痛忽然消失了。這耳朵的嗡嗡響，是千真萬確的事，並不是無中生有的，大概醫生才可以告訴我，聲音從哪裡來。

幾天之後到了耳鼻喉專科診所，等候醫生診斷。又是洋醫生應診，這醫生看來較負責任感較細心，不像上次替我照X光的那位冒失鬼醫生，照鏡前給我喝了一大杯粉紅色液體，沒交代我回家要大量喝水，不吃固體食物，結果早上如廁成了「大慘劇」。蹲在坐板超過一小時沒任何便意，兩小時之後，便意有了，只是出不了來，出盡九牛二虎之力才勉強擠幾粒錫石子，我的天呀！他之前給我喝的是化學液體，入了腸臟就會結成固體，如有充分的水分讓它吸收，會較容易排出。因為上次的經驗太可怕了，希望這醫生善待我。

他為我佩戴耳筒，播放怡人的音樂，問我：好聽嗎？聽得清楚嗎？然後轉播震耳欲聾的噪音，再次問：聽得清楚嗎？喜歡這音樂嗎？如此反復兩三次，他說：「你是聽力正常，耳朵裡又沒有長腫瘤，至於耳朵傳來的聲音從哪兒來，我也無法得知，大概它一直會伴著你生活，直至老死，你就接受它作為你的終生朋友吧！」就這樣和它和平地過了二十多年，漸漸地習慣了它的存在。如果有一天它突然消失了，我大概會感到若有所失也說不定。

過了一陣，左鼻孔裡長了個小肉泡，由小小的一粒長至大大的，幾乎堵塞了整個鼻孔。初時是不痛的，長得越大越覺得脹痛。夜裡感到疼痛，是一陣陣的痛，從鼻子一直延伸到頭部，弄到簡直睡不著覺。最後只好往診所跑，鼻子部位毛病，由屬耳鼻喉專科診所負責，於是我鬱鬱地坐在診所外頭等待醫生呼喚。

不一時，一位黑人女醫師從診症室出來，大呼「玉」，我一時反應不過來她是在叫我。後來看見沒其他人招認是「玉」，我只好進去了。她安排我坐在一張滿裝儀器的大椅子上，用各式各樣的儀器給我檢查，最後她拿著一把鋼造鉗子之類的東西，往我鼻孔裡的小水泡拉，水泡受到拉力就穿了，流出膿液和血水。我感到傷口很痛，眼淚都湧出來了，她仍然不罷休，說要取一些皮膚組織出來作化驗之用。如此拉拔幾次才把一小塊皮肉拉出來，可憐我已痛得差點兒昏過去。臨走前，那可惡的女醫生悻悻然地說：「你回去等結果吧！我三天之後給你電話。」

之後的三天，簡直是度日如年，情緒低落得很，夜裡惡夢連場，傷口也痛，像個等待宣判死刑的囚犯。第三天的午後，醫院來了電話，說我鼻子沒什麼毛病，要我用不著擔心。我以為我知道沒事後會高興得跳起來，可是我並不，我大概是感覺麻木了，似乎已經形成了一種負面的信念：我的身體遲早會出問題的。

這麼的一個信念伴著我許多年，身體的感覺和信念也真是合作得天衣無縫，此後大大小小的身體不適一直纏繞著我。直至有一天我讀了一本名叫《憂鬱的主婦》的書，作者說：「美國有三分之一的全職家庭主婦患有抑鬱症，她們的身體都有或多或少的毛病，都是由於情緒的不安而造成的。」又說：「這些毛病大都不是生理性的，而是心理方面的偏多。」此後我再也不要往醫院去檢查身體，我知道是我的情緒出了毛病，可是，自己卻無法曉得為什麼不快樂？大概是自己太年輕了，自我認知能力太弱之故。

長久憂鬱的情緒也是一種病，只是它屬於心理的，我沒想過看心理醫生。那時我在芝加哥作伴讀，芝大的學術氣氛特別濃厚，到哪兒去遇見的人都在看書，我也養成愛看書的習慣。我買了很多現代淺易心理學的書，從中學到了很多如何克服抑鬱症的方法，自己試著實行，也獲益良多。但只是稍為減輕病情而已，並沒有把病源徹底根治，後來回到香港，跟前夫分居後，抑鬱症又再發作，到了一發不可收拾的地步。

以上的一段故事是我本人的經歷。我特意把它寫出來，意思是要跟大家分享我的經驗，我知道，這也不是獨我才有的問題。女人生性較為敏感、多疑；尤其那些賦閒在家的主婦，遇上心靈得不到滿足的，更容易沒事自尋煩惱，專往自己身上找問題。造成許多身體的毛病都與心理有關連的（Psychosomatic），於是終日生活在惶恐之中，身體的不適無日無之，檢查的結果卻沒有什麼大大不妥之處，總之就是庸人自擾，苦不堪言。

轉念

在環境逼迫之下，經歷多次磨難之後，這些可憐的女人並不像傳統封建社會的女子一樣，乖乖認命，而是逐漸改變自己的想法，開始找尋轉變的自救之路。這些轉念雖然是被動的，是被外在環境迫出來的，但這些轉念的過程，才是故事的核心。

第二十三回　書香女　偏遇人不淑

淑芬是個飽讀詩書的女子，在平日的家居生活裡總是書不離手，她嫁給一個大學教授，不愁衣食，故此不需要出外工作。況且無兒無女，她可以花許多時間在讀她的書。美中不足的是丈夫是個孝子，凡事徵求媽媽意見才做決定。她在家裡缺乏話事權，每件事婆婆說了算，在她來說，反正她愛看書，也落得清閒。其實淑芬娘家也是十分富有的人家，只有她一個女兒，父母對她更是視為掌上明珠，萬事順從她的心意。在這樣環境長大的淑芬，生活上是不會計較丈夫當他的孝子，父母給她從小的教訓是出嫁從夫，這是十分傳統式的教導，因為她自己是個讀過很多書文的人，自然有自己的一套看法。在日常的小事上她順從丈夫和婆婆，但遇到了重要的關頭，她一定堅持己見。在她二十三歲那年，她的丈夫給她帶來麻煩，原因是她丈夫當大學教授，時常招引了許多仰慕他的女學生，她悲傷之餘，把丈夫責罵了一頓。其實她知道丈夫生性風流，她是管不了的，古語有話：「丈夫者，一丈之外無法管」，況且她是個有見識的女人，對於丈夫的出軌，她除了離開他之外，別無其他辦法，初時她很想離開他，可是偏偏愛著丈夫，她只好忍耐下去，似乎跟從了父母的教導。對於這種做法，她是十分痛恨自己的。丈夫似乎捉到她的弱點，於是更要和她廝守下去。但是人的本性是很難改變的，所謂「江山易改，本性難移」，她當然明白這道理，但又有人說：「生命誠可貴，愛情價更高」，於是如此這般她唯有啞忍下去。這是她自己選擇，怨不得了誰。但是事態的發展是萬料不到的，任由她怎樣愛她的丈夫，她還是決定與他分床。

夫婦倆雖然分床，但還是一起居住。丈夫每天下班後幾乎都去看望媽媽一回，因為婆婆是個寡婦，丈夫更是對她忠心不二，他認為妻子可以隨時更換，符合了「妻子如衣服」的古代名言。丈夫媽媽幾乎每天來他們家用膳，淑芬每頓燒出來的食物，一定遭婆婆罵一頓，說她是個壞廚子，態度非常惡劣。淑芬是個受現代教育長大的婦女，雖然她熱愛古詩文，並不代表她思想陳舊，她自然抵受不了婆婆的惡言惡語，而比她年長十多歲的丈夫，到了所謂中年危機，不再理會她的勸告，最終她只好決定離他而去。

但是一個受盡父母寵愛而出身大富之家的女人，只要她回娘家去，不是一件順理成章的事嗎？偏偏她愛向自己的命運挑戰，她決定自力更生，在外頭租了一間房子，一個人住在那兒，找尋自己的生活。初時到處失敗，她再接再厲，終於被她在銀行謀到一個職位，當個普通的出納員，她卻不認為是個委就的職位，雖然她是個碩士生，在銀行還是敬業樂業地幹了一年。然而一件令她意想不到事情，迫得她離開了。這是怎麼一回事呢？事後她坦然告訴我，叫我聽後非常驚訝，天下竟有如此奇特的女子。

原來她工作的銀行經理，有天把她召到辦公室，說她盜用了公款，她當時大發雷霆，揮袖而去，心想此處不留人，自有留人處。她在家休息了幾天，開始到薦人局去找工作。有一間貿易公司，說大不大，說小不小，只有十來個職員，恰好在物色一個經理。憑著她的教育背景和能力，就被聘用了。所有公司的事務由她一人掌管，這些公務對她來說一點也不吃力，而且公司同事不多，互相相處愉快，下班之後還會相約一兩位吃飯，都是盡歡而散。有一天她約了一位男職員晚膳，這位男同事，大學畢業出來找到的第一份工作是在一間廣告公司工作，這是他的第二個職位。

他倆吃飯聊天十分愉快，原來這位男同事也是文學愛好者，工餘也十分喜愛背誦詩詞，當下他們有說不完的話題。自此以後，時常見面，假日裡相約到郊外遊山玩水，十分寫意，兩人不但都有才華，而且女的相貌娟好，男的英俊瀟灑，二人志趣相投，一年之後共結秦晉之好，這是件十分自然的事。誰知婚後，丈夫帶她返家拜年之時，她發現丈夫對家人的態度非常惡劣，對媽媽更是呼來喚去，對媽媽煮的菜，批評得一文不值，一時說這道苦瓜牛肉味道太鹹了，那盤咕嚕肉吃來太甜了，總之沒有一頓飯不吵，令全家都不知道吃了什麼，大家都是一肚子火氣，丈夫回到家還是滔滔不絕地埋怨。

丈夫的父母雖然年紀不大，卻是患有長年病症的人，母親患的是心肌梗塞，父親有了夜盲症及糖尿病，需要長期服藥，醫生勸爸爸暫時停止工作，把身體調養好之後再返回工作崗位。而丈夫又是家中唯一的兒子，全家需要他的經濟支持，可是丈夫每月拒絕給父母經濟支援，令父母時常三餐不繼，非常憂心。淑芬每次提醒他給爸爸送錢的時候，他總是和她吵架，而且是每天訴說父母如何令他討厭。淑芬回想前夫的媽媽，對她的態度也是百般挑剔，令她離開本來心愛的丈夫。現在這丈夫雖然對自己十分疼愛，卻如此對待自己的爸媽，她實在看不過眼，她決定按月給公婆送錢，不讓丈夫知道這事。公婆當然十分感激這個賢良淑德的媳婦，可是火擋不住水，某日這事件被丈夫知道了，十分生氣，認為夫妻不同心，在一起生活是沒有意思的事，於是向她提出離婚，淑芬立刻答應了。這次的離異跟以前的理由幾乎一樣，卻給她悟出一個道理：中國的傳統文化，把人倫關係紮得緊緊的，幾乎喘不過氣來，尤其對於女性的壓抑，連帶她讀現代書的女性，最終也得向傳統價值低頭，她禁不住想起作家魯迅的話：「禮教吃人」。她想當一個有自我主張的女人，更遑論當個女強人！我寫下這篇故事，理由是不言而喻的！

第二十四回　日夜防　家賊倒難防

陳家人口眾多，小孩子已經有四人，加上陳先生、陳太太，還有寄住的我和傭人。每天吃飯的時候總是七嘴八舌地討論著問題。孩子們都長大了，各自都有意見發表，唯獨到了陳太太想說些什麼的當兒，陳先生通常都來一句說話：「碧玉，我還沒問你的意見哩！」陳太太立即用手做個把嘴巴用拉鏈拉起來的手勢，然後聳聳肩膊，微笑地閉嘴不語。其他的人繼續未完的話題，好像完全沒注意到剛才的岔子。而我這個客人卻感到陳先生也太專橫了，而陳太太則略為柔順了。這種情況是幾乎每日都發生的，次數多了，我也就見怪不怪了。

雖然陳先生對妻子似乎有點不民主，但日常生活的事情上，他對待妻子是極之體貼的。陳太太從早上睜開眼睛，到梳洗完畢，陳先生就已煮熱一杯牛奶、烘好一塊麵包，預備她吃了後上班。他還親自駕車把妻子送到九龍尖沙咀的天星碼頭，她再乘船到港島中環，然後自己才開車上班。他通常下午三時就下班回家了，午睡至四時左右，到了五時又駕車到碼頭接妻子回家，如此的例行公事，據說三十年來，從未間斷。

吃晚飯是陳太太最舒服的時刻了，她從來不需要夾菜，丈夫為她效勞，他都知道她喜歡吃些什麼，或不愛吃哪些。晚飯吃畢，傭人把碗碟殘羹撤去，陳先生便開始為妻子削果皮、切生果，送到妻子面前，這才算真正完了一頓晚飯，陳先生為陳太太做的一天事務才正式完結。

陳太太跟陳先生結婚後，就一直在美國大公司裡當行政秘書，她的英文能力一流，老闆都是外國人。她在公司辦事非常幹練，老闆回國述職時，她就執行政大權。公司的同事對她的評價是：她是個辦事能力強、十分有主見而幹勁十足的女強人；但回到家裡，她對家務一竅不通，孩子生下來都不是她親自照顧的。她就是一個典型的職業婦女。

有一次我跟她單獨吃午飯，她和我說起她的過去：「我十七歲就和陳先生結婚，當時父母反對，我只好找疼我的舅媽證婚。父母之所以反對，原因有很多，其一我年紀還輕；其二陳先生家境貧窮，而我父親在上海是首富，千金之女嫁到窮人家，是要吃苦的；其三當時我才剛上大學，結婚嘛，怕會影響學業。但我堅持要結婚，父母也沒辦法。婚後把學位唸完了，上海也解放了，我們全家搬到香港，那時我們的大兒子已經出生兩年了，對於他我倒親自照料好一段日子。到了香港後，在美國洋行找到第一份差事，從此工作不斷，成了不折不扣的職業女性了，如果你問我蔬菜、肉類、油等價錢若干，我完全不知道，幾十年來都是陳先生和傭人負責買菜的，我只知道賺錢回家補貼家用，所以我賺錢絕對是實用性的，並不是一般人所說我們女人做事時『賺錢買花戴』而已。」

我在陳家只住了一陣，搬走後也時有來往，每次到了他們家裡，總感到十分溫暖。陳先生對於家事都能指揮若定，又不失長者風範，每逢我碰上不能解決的問題，他總是不厭其煩地為我分析，然後提出解決的辦法；而陳太太則坐在丈夫旁邊，留心地聽著，時而以佩服的眼神望丈夫一眼，時而微笑點頭稱是，卻從來不發表任何意見，彷彿她的意見是沒人接受的，或者是她以丈夫的意見為意見。跟他們夫婦接觸多了之後，我不再覺得陳先生是個專橫的男人了。

陳太太的大兒子和我是好友，有天他約我見面，我們坐定後，他劈頭第一句話就說：「沒想到我爸爸也會對媽媽不忠。」我驚訝地問道：「怎麼會呢？你爸爸是個老實的丈夫，而且對你媽媽又是如此的體貼。」他說：「我媽媽說：『日防夜防，家賊難防』，沒想到爸爸對阿蓮有了異常的感情，是媽媽偶然看見的。」我連忙問：「她看見了什麼？」他答：「據說好像也沒什麼，只是爸爸早上趁著媽媽未起床，在廚房裡替阿蓮按摩肩膊而已。媽媽當時沒有揭發他們，她在夜裡靜靜地跟我和弟弟說，看來她頗把這件事當成真呢！女人的氣量淺，當然容不下這些事啦！後來是爸爸找我和弟弟談的：『我和阿蓮是沒什麼深感情的，只是媽媽一向很投入工作，家中事務大小都是阿蓮照顧。都超過三十年了，主僕之間日久生情，不知不覺間產生了一種特殊的情感，連自己也說不清，但我絕對沒有做出對不起你媽媽的事，你媽媽看見的，就只此而已。希望你們原諒。』我說呀！對於爸爸來說，向我們真情剖白內心的感覺，並承認錯誤也是不容易的事，我和弟弟都可以理解他的心情。」

經過那件事之後，陳家發生了一些變動，阿蓮被遣走了，家裡來了位新幫手，但一家上下都似乎很懷念阿蓮做的菜，和她對陳家所付出的心力。陳先生明顯比以前沉默了，相對來說，陳太太經常沒有經批准就說了話，也發表了意見，丈夫也不怎麼阻止她。

有一天我和陳太太兩人閒談著，她說：「男人不可信呀！最老實的男人也會變心的，最可靠的還是多買首飾給自己，俗語有話：『親生仔不如近身錢』，你現在還年輕，大概不喜歡鑽石金飾；到有一天人老了、丈夫死了，這些首飾就可以幫到你也未可知呢！」我聽了她這番說話，就是不能同意，大概是我那時還很年輕之故，現在想起來，也還是不敢苟同。可能是我的外婆和媽媽都沒有教我儲起私房錢，她們都說：「女人存私房錢是對丈夫不信任，而婚姻的首要條件是互相信任。」

過了幾年後，陳先生忽然去世了，事前沒什麼病痛，只是前一天要住進醫院檢查腫脹了的肝臟。他進了醫院的那個晚上，陳太太前往探病，他吩咐陳太太第二天給他帶些書本。沒想到那天半夜，醫生來了電話，通知她，丈夫在睡夢中去世了。這是一個多麼突然的打擊呀！她忽然感到束手無措，以後的個多月，她都要服食安眠藥才可入睡，家中大小事情都需要她打理，這是她忽然感到丈夫對於她是何等的重要！也有點責怪他，生前太溺愛自己了，令致她依賴成性，從那時開始，她必須把辦公室的「腦袋」也拎回家，再不可以「人格分裂」了。形勢迫著她接辦家務，她發現她是可以辦到的，而且辦得不差。

過了兩年，她辭掉了工作，賣去房子，處理了丈夫留下的物業。她移居美國，還在那兒工作了幾年，才真正退休了。現在她住在政府提供的老年人屋苑裡，每天參加不同的活動，例如：打麻將、跳舞、唱歌、義工服務，還會跟人談天說地，生活過得充實而滿有活力。八十多歲的她，看起來有如六十許人，誰說她不是一個女強人？丈夫歿了仍然活得好好的。

幾年前的冬天，我和丈夫回美國，途經舊金山，特別約她見面。她看來精神健朗，說話滔滔不絕，我才發現原來她是個十分健談的女人，以前是不是受到丈夫約束才顯得話少呢？她說前一天，她的賓士舊汽車被別人的車撞壞了，車廠的工人告訴她，那車可能要被「人道毀滅」，她怏怏不樂地說來，把一部老爺車當成自己的寶貝，我能了解她當時的心情。

在回旅館的途中，我想到她說的鑽石首飾，正當這個年頭，是否可以發揮到它的功效呢？抑或是偌大數量的一批首飾只要存放在保險箱裡，就能給予她一定的安全感呢？她是否想到，把部分的首飾變賣了，可以買來一輛新車，這豈不是更實際嗎？

對於陳先生和阿蓮發生感情的事，我個人認為是十分自然的。陳太太一天到晚上班，三十年如一日，家中事無大小都由傭人打理，尤其是幾個孩子的起居，都是由阿蓮來照顧。陳先生上班時間短，回家見到阿蓮的時間比陳太太的多，所謂「人非草木，孰能無情」呢？這樣的一種情愫是不知不覺中產生的，是非常自然的。陳太太應該諒解，不應該把阿蓮辭退。據我所知，阿蓮一個人回到自己的兒子家裡，替兒媳照顧孩子。多年之後，她患了癌症，最後一個人孤伶伶的死在家裡，真可說是晚景淒涼啊！

第二十五回　保險客　交淺竟言深

很多年前的一天下午，我約會了一個素未謀面的保險客人。她既然是我的客戶，為什麼會是從未見面的呢？說來話長。更早以前她跟我公司的一位男同事買了一份保險，若干年之後，此人離開了公司，我便成了她的保險代理人。我接手的初期，曾給她致電，這次是我們第一次會面。我們約在中環地鐵站碰頭，事前也沒有說明有何種特別標誌以便辨認。我大約早到五分鐘的時間，站在出口的地方。迎面來了一個戴太陽眼鏡的頎長中年女人，臉帶著可親的笑意，舉止優雅。我的第六感告訴我，眼前這位女士就是我要等的人。於是趨前幾步，問明她的姓名，也自我介紹一番，再到附近的咖啡店坐下閒聊。

這次的見面是十分愉快的，我們一見如故，似乎有說不完的話題。以新相識的我們來說，所談的均可算是交淺言深。我們談到家庭、丈夫、子女等，背景境遇不同的兩個女人，竟然可以找到對事物人生的共同看法：願意奉獻自己的所有給身邊的親人，卻不忘記為自己找尋一份難忘的愛情。這份愛情可能只能從婚姻以外才找到，而且是短暫的，卻不會計較，所謂「不在乎天長地久，只在乎曾經擁有」，她的愛情觀就是如此開放而瀟脫。

那三小時的談話裡，我們對彼此有了很深的了解，往後的交往都奠基於這次的深談。初時幾次我說話不多，只因我仍然埋藏於深沉的抑鬱症情緒中，她說的比較多。過了一年，我抑鬱症的陰霾漸散，人變得清明開朗，開始告訴她我跟媽媽的複雜情感。作為一個母親，她現身說法地給我展示她自己的憂傷情緒。她說：「我有兩個兒子及一個女兒。對於兒女三人，我一律公平對待，絕對沒有重男輕女的做法。但女兒從小到大都給我抬槓，她總認為我對她不夠關注。直到幾年前她結婚了，我們的關係更加疏離。前年她甚至連申請移民都沒跟我說，現在她已經住在加拿大，更加難得見面了。但我幾乎每夜都想念她，怕她不習慣那兒的生活，可是她的冷淡表現叫我不敢多去致電打擾她，這可真是可憐天下母親心呀！」我聽了她的話，多少能體諒自己媽媽的心情。每逢我跟媽媽有矛盾，都會聽取她的意見，她總能夠給我解開煩惱的心結，從此時起便視她為我的良師益友。

二〇〇〇年的暑期，我的人生起了大變化：經過多年的獨居生涯，我又一次找到生命的至愛，跟隨丈夫到美國短暫生活。臨行前，我和她在飯店吃午飯，她語重心長地對我說：「很高興你找到如意郎君，此後你們要好好地過活了，如果從自私的立場來說，我當然希望你永遠留在香港當我們的保險代理人；但作為好朋友，我絕對贊成你嫁雞隨雞。多年來，你獨力與病魔奮鬥，今天能成就這段美滿姻緣，我真替你高興！」她說到最後兩句話的當兒，我隱約看見她眼中含淚。

我知道她是真心祝福我的，但為什麼會哭起來呢？一定是我的現況觸動了她心靈深處某個角落的傷痕，於是我不怕冒昧地問她說：「剛才你為什麼哭？是你感懷身世嗎？你跟丈夫的感情生活是好是壞？為何總不見你提起？」她遲疑了半刻才傷感地答我說：「玉瑩！我想還是休提起我的傷心事吧！我的婚姻已經是死水一泓，我並不存有任何指望。丈夫對我從來不知體貼，結婚初年跟婆婆同住，她是寡婦守子，性情特別挑剔。可恨丈夫為人懦弱，對媽媽曲意順從，總是要求我孝順婆婆，我往往成為他們倆的出氣袋。那時我年輕力壯，簡直是女鐵人一個，彷彿生了七手八臂，什麼工作一把抓：早上起床為孩子預備早點，黃昏下班回家買菜燒飯，吃過飯打理家務，打點三個小孩洗澡，然後洗衣服，待到孩子都上床了，才勉強算是完了一天的『戰爭』。那時候，每天都好像在衝鋒陷陣，神經都拉得緊緊的，直接造成了日後長期的失眠症。到了更年期，身體早已被折磨得五勞七傷，百病叢生了。

好不容易捱到婆婆百年歸老，自己算是可以當家作主了，兒女卻漸次長大，也由不得我這老娘出意見。滿以為此時的丈夫沒了親娘，會對我略為體貼。這只是妄想，我就是臥病在床也要勉強支撐起來給他燒飯，他也沒說一句體己的說話。我就是他娶回來的勞工，永世不得休息！」

像他這樣的丈夫，我見的多著吶！他們都是傳統中國家庭培養出來的大男人。這種男人一般性情懦弱，只是對於妻兒妄自尊大，使出一副專橫嘴臉。在外辦事不見得有驚人的成就，遇事需要決定時總顯得優柔寡斷，事後拿出一番大道理來自我解說一回。跟這些男人結婚，自是倒霉。他可以把妻子鍛鍊成堅強獨立的一個人，當大家都到了晚年，他往往成了依靠妻子的寄生蟲：無她不能生，沒她不可活；而妻子反而可以從生活中自尋趣味，到那時才分辨出強弱誰屬？

前段的一番議論我當然不敢跟她說，但應用到她的身上，真是分毫不差。她近年退休了，兒女又都結婚了，每天對著她那呆巴巴的丈夫，磨擦於是多起來了。她為了鍛鍊體格，每星期到青年會的泳池游水；其餘時間則參加教會的義工服務，不時到監獄去探訪囚犯，更給他們寫信，對她來說是件十分有意義的工作。我想她會快樂地活下去。

第二十六回　貞淑婦　獨力強持家

淑美是我好友的嫂子，她家有了這麼的一個媳婦，是十分幸運的。她是我好友哥哥的大學同學，他們在唸同一門主修科，四年來朝見口晚見面。很多時他們一起午飯、一起溫習功課。她對功課十分認真、成績又好，故班上的一群男生都喜歡和她結成一小組做功課，她可以負責把材料都收集好，然後分析整合，一手包辦，而且快捷妥當，其他懶惰的男生只需參加小組討論，就可以完成一份組合論文了，誰不願意跟她合作呢？

少年十八二十歲時，是最快樂的時代，一班男女年輕人在一起都是毫不避忌地玩著，很少有男女之防，除非在那班人裡面，有了誰喜歡了誰的意味，氣氛才會有了說不出的甜膩味兒。淑美從大一開始就混在這群男孩子中，十個男生加一個女生，這麼一個女生算是化掉了，男生從不把她看成女的，久而久之，她對自己的認同產生了不大不小的危機。

一天淑美跑來找我和小玉——我的好友，我們三人都同唸一所大學。說來也真有趣，小玉和我唸的是中文系，系裡陰多陽少。我們平日最親近的倒是清一色女生，整整有十三人，很少跟男生玩；男生混不進來，心或有不平，故給我們稱之為「十三怪」。為什麼不是「十三美人」或「十三金釵」呢？「十三怪」倒有了多少貶斥的意味，我們也不以為忤，十三人頗能自得其樂。淑美找我們大概是要從我們那兒汲取一些女兒香氣吧！她找對了人，我和小玉對女性的認同感特強，我們擅長裝小可憐，總是一副楚楚可人的模樣，連「十三怪」中的女孩都會幫我們抄筆記什麼的，我跟她說：「你不能太好強，男孩子不能寵，你什麼都幫著他們做，他們就不會把你視為女孩子，必要時你利用女性的天賦武器——眼淚，他們有的就乖乖就範了。」

大學四年轉眼又過去了，畢業後我和小玉都找到教職，而且同在一所政府津貼的小學工作。有一天下課後，小玉約我吃晚飯，坐定後小玉興沖沖地跟我說：「哥哥昨夜和我說心事，他說他快要結婚了，你猜，新娘是誰？」我說：「我怎麼知道？這人我認識嗎？」小玉說：「我這樣問你，你當然認得她嘍！是很熟的朋友。」我當時心裡忽然出現了淑美的影像，於是衝口而出：「是不是淑美？」小玉掃興地說：「你怎麼就猜著了？我可挺驚訝的，淑美從來就不是哥哥喜歡的類型，他們四年在一起讀書，我從來沒有聽哥哥說過喜歡她。」那晚上我倆一直談論著淑美將要成為她嫂子的事。在興沖沖的語言背後，我隱約感到小玉並不很喜歡淑美做她的嫂子，為什麼呢？我卻不甚了了。但我對於見銘（小玉哥哥）喜歡淑美，並不感到驚奇，他們似乎就應該走在一起的。

我之所以有這種想法，是見銘給我的啟示。有天我在大學的學生餐廳遇見見銘和他的同學錫文。我們都趕著吃午飯後上課，在短短的二十分鐘裡，他們倆一直批評著淑美，見銘說：「淑美功課好是沒話說的，但跟她同在一組做論文，我可受不了她的過分認真。」錫文接口說：「我也何嘗不是怕她得要死，昨天我們在行廊裡走，她迎面來就大聲喝問我們的資料找好了沒有。」見銘聽了直點頭說：「對呀！她好像是我的媽媽，每次見了我都追問我吃了飯沒有。」錫文打趣地說：「她可沒有問過我，她對你似乎比較特別呢！」見銘連忙說：「喔！謝謝啦！這隻母老虎我可不要她的關照呢！你記得那次我們漏找了資料，把她急得哭了，那才是破題兒第一遭，你們看見過哭的老虎嗎？」我們都說沒有。但見銘說著這段話的時候，眼中暗暗流露出一種特別的神采。我看在眼裡，心中明白淑美採用了我們給她的意見：善用眼淚，看來她是運用自如了。

過了不久，淑美跟見銘真的結婚了。沒有很大的婚禮，只是雙方的親人吃過晚飯，只此而已，我不是他們的親人，故沒有機會參加他們的婚禮。小玉是個傳聲筒，她把婚宴的情形都巨細無遺地給我匯報了。最後她說：「我爸爸媽媽似乎都不大喜歡淑美耶！我媽媽說她的皮膚太差了，哥哥是男的，皮膚比她還要白嫩！爸爸說就是受不了淑美說話時的嬌聲嬌氣，而長相偏偏又不是嬌俏的一類。」然後小玉悻悻然地說：「真不懂哥哥為什麼會喜歡她！」看來淑美的日子可難過啦！為什麼他們一家都只顧外表不管內心呢？

幸好淑美婚後不須和公公婆婆住，只是每星期一次跟他們到茶樓吃頓午飯就行了。

後來生了女兒，她仍然維持教書的工作，女兒送到保姆家照顧，下課回家把女兒接回去，然後燒飯、吃飯、洗碗、餵女兒吃飯、替女兒洗澡、照顧女兒睡覺，這一切的一切都由她一手包辦。見銘只管看電視新聞，男人還是應該關心社會國家大事的；婦孺之輩理應照管家庭事！

婚後他們在香港待了四年，孩子兩歲時，見銘的事業沒有很大的發展，決定舉家赴美深造。到了美國，見銘順利地進了研究院，並拿到獎學金；誰知取到碩士學位不到一星期，見銘得到了重病入住醫院。

丈夫的重病，帶給她們一個很巨大的衝擊，見銘對自己的身體健康失去信心，他害怕自己英年早逝，留下孤兒寡婦，怎生是好。仔細思量之下，他決定把淑美訓練成堅強的女人，萬一自己有事，她仍然可以堅強地活下去。獨立能力的增加有賴於更高的學位，她重新進入研究院。讀書拿學位對她來說並不困難，要她學習獨立才是最怕人的，丈夫的意志低沉令她心痛，多少次的夜裡，她做著同一個噩夢——被彪形大漢追趕到了懸崖峭壁前差一點掉下去，她醒來嚇得滿頭大汗。在這樣的一種焦灼不安的環境下過了兩年，她拿到了碩士學位，然後找到一份工作，和女兒一起生活，跟丈夫卻被迫分開兩地而居了，原因是見銘在她工作的州份找不到可做的事情，暫時的分居是沒有辦法的事，淑美成了單親媽媽。

單親媽媽不易為，女兒生來性格反叛，對媽媽的管教不服氣，她們住在同一屋簷下，卻有很大的矛盾。有天媽媽回家見不到女兒，她急瘋了，連忙給丈夫致電，丈夫要她稍安毋躁，說女兒不會有事的。果然，過了幾天，女兒回來了，她只是要嚐嚐離家出走的滋味，這就是她反叛性格的展現。可憐淑美被她弄得牽腸掛肚，好不擔心。

我最後一次跟淑美見面是幾年前了，那年我到美西探親，淑美剛好到那兒看友人，我們異地重逢，恍如隔世。她應該才五十歲吧！但臉容憔悴，滿頭白髮，大概這些年來日子都不好過吧！她休休地說：「我和見銘離婚了，分居的生活不好過，感情淡了，再也連不起來，夫妻見了面也沒話可說，更不要說上床做愛了！」我很能明白她的心情，因為我自己也曾經歷過婚姻中的低潮，同床異夢，同桌吃飯努力找話說，是多麼辛苦的一回事啊！

後來我再次看見她的時候，我問她以後怎麼辦呢？她說：「我以後可能會回香港，再次好好地活下去囉，唯有這樣才不枉一生。」我真佩服她，不愧是個女強人。

第二十七回　老處女　錯嫁花心夫

湘英在一間電腦公司當操作員，每天工作八小時，回家還得持理家務，照顧生來癡呆的兒子，這孩子不是她親生，是她丈夫的前任妻子所生。一天辛勞工作後，丈夫嚷著肚子餓，她拖著疲倦的身軀趕到廚房燒飯，飯後還得照顧兒子，替他梳洗。兒子雖然智力不全，卻是非常頑皮，時常無故哭鬧，令她手忙腳亂，每天的生活猶如一個作戰中的軍人，時刻活在緊張情境之中，偶一不慎隨時性命不保。

她三十歲結的婚，算是個老處女，卻沒有老處女的古怪脾氣，性情有如《紅樓夢》中的史湘雲一般有著豪爽氣魄，平日樂於助人，雖然家境不是十分富裕，遇到有需要幫忙的朋友，她總是解囊相助，絕不吝嗇。偏偏丈夫是個守財奴，每次她回家透露某位朋友需要她幫忙的時候，都被丈夫教訓一頓，她想是自己的錢，本來就不需要告訴丈夫，但她太坦白了，反而招來一頓教訓，真是不值得。故此在以後的日子裡，她學乖了，在外面做的事再不要告訴丈夫了。她這種做法，令致日後夫婦兩人的溝通出了問題，這是後話了。

由於湘英的豪邁，對於丈夫的事情從來不過問，每天照常作息，日常照顧一個頑皮的兒子已經令她疲累不堪了，哪有餘力顧及其他。尤其自己是當兒子的繼母，更是困難，一時不慎，會被人批評為繼母待薄兒子。她下嫁丈夫的時候，沒有經過慎重的考慮，因為當時已經三十歲了，在匆忙之中做的決定，這是自己要負的責任，怪不得別人。後來發生的事，才令她後悔莫及。

丈夫是在一間大公司當經理，收入不菲，但仍然計較金錢的關係，才要湘英除了在家照顧兒子還得在外工作。湘英忙於工作，沒想到給了丈夫在外面胡搞的機會。原來丈夫是個生性風流的人，常常在外面拈花惹草，以前的妻子就是因為受不了他的胡混生活而離家出走，遺下一個癡呆的兒子。偏偏他又是個不肯負責任的男人，遇上年紀大的湘英，趁機和她結了婚，把兒子交給湘英，過著悠然自得的生活。因為他是經理的高位，時常有機會代表公司出席不同的業務會議。出席的人員中，不乏女性，那些女性能位處高位，多是偏重於工作，而沒有時間談戀愛，藉機勾引男人的大有人在。湘英丈夫看女人十分準確，遇上這些女性，他會抓緊機會，向她們大獻殷勤，表示自己願意拜倒她們石榴裙下，女人由來比較心軟，於是他們一拍即合，在工作完畢後，偷偷地到酒店尋歡作樂，一般的情況下，彼此只求一夜之歡，過後兩不相干。可是「上得山多終遇虎」，有一次他遇到一個相貌娟好，年紀四十來歲的女經理，跟她一夕之歡之後，這女人竟要求日後再聚，這是湘英的丈夫始料不及的。這類「四十一枝花」的女人追起男人來如狼似虎，一方面也可能是她對湘英丈夫動了真情，於是對他窮追不捨，他不勝其煩，但防不勝防，兩人鬧得不可開交。那女人是個性格強悍的人，她每天跑到湘英丈夫的公司擾攘，要他出來見面，他不肯出來，結果她告上法院，說他非禮她，他只好出來受審了。湘英知道這件事之後，雖然對於丈夫的作風不予認同，但她的豪邁性格此時發揮出來了，平常她樂於助人，現在丈夫遇到官司，她怎能置之不理呢？對於丈夫的不忠，湘英決定日後才追究。那女人告丈夫的主要理由是她說自己已經懷了丈夫的骨肉，湘英認為四十多歲的女人懷孕的機率相對來說比較小，於是在法庭上，她教丈夫說：「你現在先承認跟她確實有不只一次的性關係，讓她把孩子生下來再作決定。」於是湘英回家看了許多醫書，準備要這女人生下嬰兒之後，要求她作基因檢查，確定他是否真的是孩子的父親。在家裡湘英對頑皮兒子更加倍的照顧，對丈夫態度一如既往，雖然沒有對他更好，也沒有更壞。她依舊每天勤奮工作，別人有需要她幫助時，尤其女性有需求的，她特別慷慨。許多個月過去了，約定上法院的日子到了，雙方到了待判時刻，那女人才承認根本沒有誕下嬰兒，後來證實她懷的是葡萄胎，她太想當媽媽了，故此一口咬定自己身懷六甲。丈夫聞訊當然大喜過望，但是他失去了湘英。她終於離開了丈夫，也把那癡呆兒子也帶走了，繼續依照自己的豪邁性格行事為人，日子過得好好的。

第二十八回　苦經營　鴛夢竟難圓

我和林翎在銅鑼灣的一間日本咖啡店見面，那次是我們久別重逢，多年前她帶著兩個女兒移民美國西海岸。她生在香港，結婚、生子也都在香港。她在一間美國公司做秘書，說來也快二十年了，職位從小秘書始，離開前已當了大老闆的行政秘書。她之所以要移民，是香港一九九七年大限之期臨近，也為了兩個女兒讀書的前途。另外一個隱藏的因素是她的婚姻；她希望藉著移民這轉變，可以對死水一潭的婚姻生活注入「新鮮的水源」，令她的下半生過得好一點。起碼她是抱著這樣的一個盼望而移民的。

俗語有話：「人到中年萬事休」。但對於林翎來說，是人到中年萬事從頭開始。她一個人帶著兩個小女孩，一個十二歲，一個十四歲。幸好香港的公司在美西也有分公司，老闆給她安插好一個職位。其餘的事情要做的可多吶！替女兒申請中學、找房子安頓下來、布置家居、到銀行開戶口等，還有其他雜七雜八的細碎事情，都需要親自處理。對於如何適應新環境，她因為沒時間理會它，反而沒給她帶來多少問題，到她一切粗安下來的時候，日子已過了三個多月。

三個月才給我來信報平安，說她們母女均安，我好感欣慰。但她也向我訴衷情，原來她的丈夫沒跟她們一起移民，他正在內地做生意，希望賺了足夠的錢才到那兒團聚。聽來是好的籌算，但對於她來說這是個好丈夫嗎？對於女兒倆會是好父親嗎？我是局外人，不好下評語，不過從她的字裡行間流露著焦慮煩躁的情緒。她結尾有這麼的幾句：「……我以為他很快就會過來跟我們團聚，哪怕是節衣縮食的生活，我也願意過，總勝於由我一人撐起整個家。我很疲累，家事又多，我不得不做，真累！不多說了！」就憑這段結束語，我可以想像得到，她那時是不快樂的。

那天的重逢，我們都有說不盡的唏噓感。我告訴她：「多年以前我早已過著分居的生活，只是我沒有勇氣讓朋友知道，我一直患了抑鬱症多年，停停發發地延續了好長的一段歲月。直至去年我遇上了歐梵，我現在才稱得上是個快樂的人。」林翎聽了我的故事，說：「原來你經歷了這麼痛苦的生活，你現在算是苦盡甘來了。我這次回來是和丈夫簽離婚協議書的。」當她說出最後的一句話時，我從她美麗的眼睛裡看見一絲絲的無奈感，或許還有更多的悲哀情狀。

在我倆談話的內容中，談到最多還是她移民後的生活，她說：「移民到美國已經六年了，這六年當中，丈夫只來了三回，每次逗留兩個星期左右，像是家中訪客。他沒有把安慰帶給我，對於兩個女兒，他有時會跟她們說著一番大道理，好像在暗示著我這個媽媽不會教育女兒似的，但女兒倆一年才見爸爸一次面，要她們對他順服是何等困難的事情啊！我這個媽媽身兼兩職還要負責一家的用度，他寄來的家用是有一月沒一月的，我根本沒法完全依賴他。最近的兩年，更是無寄來分文，前陣子忽然收到他的來信，他的生意周轉不靈，希望我向銀行借錢出來以濟他燃眉之急，我真虧他還好意思要我如此幫他。做夫妻到了這種關口，我能不感到絕望嗎？移民最早的目標都已經無法實現了，離婚似乎是唯一的途徑。」

林翎的婚姻好像從開始就是個錯誤的決定，這是她親口說的話。她成長於小康之家，兄弟姐妹之中，她排最小，是父母的心肝寶貝。廣東俗語有云：「孻仔拉心肝，孻女拉五臟」就是這個意思。她生來一副孩子臉，加以心地純良，很容易相信別人。雖然她任職的公司裡，追求她的人不少，但為什麼偏偏傾心於她的前夫——那時的男友——成文呢？只是他有一張會說話的嘴巴，他可以在看一場電影後給她解說出一篇大道理。當她仍是個「無知少女」的時候，對於他的滔滔口才，她是仰慕的，更何況他很能夠刻意地表現他的溫柔體貼性格。她很早就發現了他有著浪子性格的一面，和她約會的階段，已經很喜歡流連夜店，跟朋友喝咖啡聊天，有時也帶著她有事沒事地泡咖啡店直至午夜才送她回家。可憐她這個習慣了早睡的乖女孩，長期捱更抵夜的睡眠不足，還常招來父母的一陣責罵。誰知道他回到家裡，也不立刻上床休息，總愛觀看電視的半夜節目，直看至眼睛都睜不開了，才肯回睡房睡覺。他還一邊欣賞節目一邊抽煙，這種惡習都是婚後生活在一塊兒才知道的。於是她多方規勸，動之以情，曉之以理，都無法令他稍稍改變。

到了孩子出生了，她懇求他不要在家抽煙，怕煙味會影響孩子。他不能在家抽煙，於是流連在外面的時間越來越長了。每夜非到午夜之後不見他的人影，通常她都早已入寐了，丈夫成了回家寄宿的「客人」。他在家吃飯的機會只有星期天，孩子對爸爸的印象是：他很忙，連回家吃飯的時間都沒有；爸爸很愛睡覺，每天見到爸爸的面，他都是在睡覺，星期天也睡到中午才起床吃飯。

這樣的家庭生活，她過了十多年，最初的幾年她仍然心存盼望丈夫會改變過來，漸漸地她心死了，沒有希望就沒了失望。孩子慢慢長大了，她開始安排自己的作息時間：例如下班後學習插花之道、做瑜伽鍛鍊身體，甚至參加氣功班等。很多時她不希望丈夫提早回家，因為這樣反而會破壞她的清靜生活；有了這麼的一種心態，夫妻關係豈不是已經達到了近乎荒謬的地步了嗎？可是她心有不甘吶！有了移民的機會後，她對改善婚姻的期盼又重新燃起希望的火花。可惜，移民挽救不了死氣沉沉的婚姻生活，最後還是離婚收場。

那次會面之後，我和她一直保持聯絡。去年我回到波士頓，又一次跟她在電話裡談天。她興致勃勃地告訴我：「我的兩個女兒都上大學了，現在我一人守著老巢，真正過著單身獨立的生活了。我可以隨心所欲地過活，下班後參加各種社交活動，也希望如你一樣，找到一個好伴侶。」我當然祝福她，如願以償地遇上如意郎君，她過去二十多年吃的苦也真夠多的了。

第二十九回　小鈴聲　響徹心中情

我認識金鈴子是通過朋友介紹，那時候我正在芝加哥作伴讀。金鈴子是那兒的學生，女學生從中國來，唸的又是文科，是非常罕有的，她必定是英文特別優秀的。我記得很多年前曾讀過聶華苓的一部長篇小說，就叫《失去的金鈴子》。故事內容已經忘記了，但我對於金鈴子這名字卻十分喜愛。從此以後，我就叫她小鈴子，說來她的外形倒很配合她的名字，她長得嬌小玲瓏，聲音聽起來清脆悅耳，好像金墜子敲在小鈴子身上的聲音。她剪了一頭短髮，配上精緻的五官，極之討人喜愛。我以為這樣的一個女子，應該是人見人愛的了。

那時候，我們不常見面。我忙於工作，她忙著唸書，各自忙碌著；也各自懷著心事，似乎都沒有時間，更不願意跟別人傾訴。所以我們認識了超過兩年的日子，見面談天的次數只有那麼三至四回吧！後來在一次偶然的機會裡我們長談，從此我們的聯繫拉近了不少。是怎麼的一回事呢？有一天我在校園裡走，忽然看見小鈴子坐在小橋邊上哭，我立刻上前問個究竟，她終於哭哭停停地跟我說出她的故事：

「我是家中唯一的女兒，家住在上海，從小讀書成績都很優秀，因為爸爸媽媽從小給我很大的壓力，他們說以後金家的出頭都要靠我啦！尤其媽媽是個神經緊張的女人，她跟爸爸的感情一直不很好，他們三日一小吵，十日一大吵，我被他們搞得煩死了。他們都把我帶到外面去見親戚朋友，為的是要炫耀他們的女兒有多好，所以從小到大我的心理壓力就很大，讀好書成了我唯一的人生目標，於是大學進了復旦，研究院更取得獎學金來了美國。爸爸媽媽當然更加高興了，來了美國幾年，他們每星期給我一封信，信中提到的不外是我成績如何啦？將來畢業後的安排又如何呢？從來沒有問我的生活過得是否愉快？有否找到男朋友的問題更從未提及，我的感覺是他們根本不希望我交男朋友，理由是怕會影響學業。他們為什麼不為我想想？我今年已經二十八歲了，一個人住在冰天雪地的芝加哥，每天踽踽獨行地往返圖書館跟公寓之間，難道我不需要有個關心疼愛我的男人嗎？如果要拿到學位才約會男人，那時我已成了老處女，還有指望找到丈夫嗎？來了美國多年，都已經習慣了這兒的生活方式，況且現在唸文學這科，回中國找教書工作不見得比美國容易。他們幾乎每封信都叮囑我一定要回去教書，什麼不忘本啦！什麼報效國家，一大堆的家國民族情懷，說到底豈都不是為了他們自己？他們老了當然希望我可以長依膝下，回饋反哺他們，我現在覺得他們未免太自私了。古語有云：『男兒志在四方』。我雖然不是男兒，但我也應該有權利爭取我的志向吧！」

我聽了她的故事，十分同情她，但她以前從來不說，每次見面都是笑嘻嘻的，以為她是個開心的小鈴子，今天她忍不住在公眾場合哭泣，可能是神經有點失去控制了。我和她有緣分，遇上她，引發起她把埋在心中的苦惱都告訴我，這又何嘗不是一樁好事呢？自此以後我們成了無所不談的好友。

其實我之所以跟她談得攏，是因為我自己也有很多沒跟別人說的話壓在心裡。那時我丈夫在芝加哥大學唸研究院，因為美國的移民法例規定，留學生配偶不能到外頭找工作，就是不要我們和本地人爭飯碗，所以我在美國取得碩士學位後，仍只能做一些零碎的工作：例如在學生辦的咖啡店當散工、把在家中做好的食物送到店裡賣、替人打掃收拾房子，也曾做過包伙食的廚子。這類的工作，只能賺取生活的費用，對於要求自我滿足，卻是做不到的。自我不滿足是沒法快樂起來的，妻子不快樂，丈夫當然也不快樂嘍！不快樂的婚姻帶來許多的緊張心理，舒緩緊張的最好辦法就是談話訴苦。

此後每當小鈴子不快樂的時候，找我傾訴便成了習慣，日子久後，她把自己的最大秘密也告訴我了。啊！原來她是個已婚的女人，復旦大學畢業後，她便結婚了，是有點太草率了，當時她不想回到父母四川成都的家。那時正好有個追求她的男人小李，雖然小李並不很中她意，但為了逃避父母，她匆匆忙忙地結婚了。父母對於她的結婚當然也極為反對，但她卻暗暗高興，她要讓父母知道，女兒已經有了家室，再也不屬於他們，有云：「嫁出去的女兒，就像潑出去的水」。就那麼短暫的一刻，她的心事清涼如泉水，因為她報復了父母多年來的管束。

婚後不到一個月，她開始感到不對勁。丈夫學的是商業，工作也是涉及商界的。他每天工作十小時，下班後，又到處跟客戶應酬吃飯喝酒，非到十時過後不回家。她的工作是在出版社裡當編輯，每天朝九晚五，很定時地回家，到家都是獨自吃晚飯的，家中沒一點新婚的溫馨，更不要談丈夫的溫柔呵護了。如果是未婚的人吶，倒有心情享受這種自由自在的生活，現在自己都已是結了婚的女人了，空幃獨守的況味，可不是好受的吧！憋了半年的苦日子，她有了新生的計劃，她著手申請學校——美國的大學，她要追尋自己的理想，她要振翅高飛。半年後她辦理到美國的申請入境手續，取得簽證的那天晚上，她等待丈夫回家，到了十一時，他帶著微醺的酒意回來了。她冷靜地告訴他：「我十天後就離開這兒，到美國唸博士去了。」丈夫被她的話怔住了：「什麼？你就這樣地走了，把我掉在這兒就一走了之？」她慘笑著說：「我跟你結婚一年了，試想一下我們有過幾次的親熱時刻？我每天被你丟在家中都快長霉了，你還說我掉下你不理！你這沒良心的壞鬼！算我嫁錯了人。」就這樣她逃得遠遠的，希望把痛苦的日子留在國內，然後快快樂樂地在國外過生活。

但快樂並不是從逃避中得來的，而是必須從踏實的生活體驗出來。對於父母她有著複雜的感情——既歉疚而又恐懼，既愛又恨，總是不能理直氣壯地面對他們，她已經超過半年沒給他們寫信。至於對丈夫更是不聞不問，大約一年前收過他的一封信，盡都是一些埋怨的話。現在仔細想來，應該是時候解決這段婚姻了，不然老拖著對誰都沒有好處。

有一天小鈴子突然約我見面，她說有好消息告訴我。我們選上的那天是個春光明媚的日子，我先到達咖啡室，十分鐘後她施施然而來，笑容滿臉地說：「你給我的忠告我實行了，已經解決了我的婚姻大事，遲些回上海簽妥離婚協議書就可以重新做人了。你說的對，我和父母應該有一次真誠的對話，盡情把內心的想法告訴他們，讓他們也向我表白心裡話。要他們表白卻不是件容易的事，但我得試試看，起碼我先起個頭，以後就水到渠成了。」我真高興她聽了我的勸告，現在願意積極面對人生了。

第三十回　嫁學者　巧婦費籌謀

昨夜臨睡前，丈夫給我說了一個女人的故事，他說：「很多年以前，有一個女人嫁了一個知識分子，兩人結婚生子，過了很多年。男的在大學裡教書，女的當家庭主婦，閒時的興趣是揑陶瓷。有天丈夫不用上課，請妻子駕車到學生家裡去，妻子放下書具工作，開車送他去。過了兩小時，丈夫來電話，她又把丈夫接回家。忽然有一天的午後，丈夫跟妻子說：『今天不煩你接送，我要出去一會兒。』她不疑有他，丈夫本來就會駕車的。如此幾次之後，天丈夫突然和她說：『我要跟你離婚，我愛上了我的一位女學生，我把房子、銀行存款都盡數留給你好了。』她啞口無言地跟他分手了。幸好兒女已長大成人，她怕睹物思人，把房子賣掉，租了一間公寓居住。一天出門上街之際，迎面來了一個面善的男人，那男人見了她更是瞠目結舌不知所措。她問說：『閣下是哪位？面熟極了。』男人說：『你忘記了我！二十多年前，我們在芝加哥大學讀書之時，有次你坐我的順風車到紐約玩，路上我們談得投緣極了，到了紐約分手之時，我向你求婚，但你拒絕了，你說早已跟人訂婚了。我失望得很，對你的思念卻無時無刻，到現在還都沒有結婚。多年之後據聞你到了西岸，我收拾了一切，到西岸來找工作，沒想到在這兒巧遇你，這也算是奇蹟了。』她聽後感慨地說：『與我當年訂了婚的人，現在已經和我離婚了。』他高興極了，遂又向她求婚，她又一次拒絕了他，所謂『曾經滄海難為水，除卻巫山不是雲』。後來在他精誠感動之下，他們住在一起，他後來病重了，她也十分殷勤地照顧他。」

像這樣的一個故事，我倒可以說上好幾個，都是女人嫁給知識分子的故事。固然並不是每個知識分子都有外遇，但他們都只顧沉醉於學問的研究而忽略了家庭，卻是屢見不鮮的。

(二) 秀文和她的丈夫是青梅竹馬一塊兒長大的。他們的父母都同在一所大學教書，兩家人住在公教人員宿舍——在台灣中部。到了升大學的年齡，又都同時考上了台大，秀文唸歷史系，丈夫錫明讀化學系，唸化學系完成大學課程似乎沒有太大用途，所以錫明打算再往美國深造。離台前他們先結婚後留學，這是順理成章的做法。

秀文到了美國沒有錢繼續學業，靠著錫明的一份助學金生活，不免有點捉襟見肘，秀文還要做一些零碎的工作賺點外快養家。乍到海外秀文英語能力不好，聽力不成，好像聾子。她每天有閒暇在家即拚命收看電視節目，初時是該笑不笑，該哭不哭，看多了，慢慢聽懂了多一點，看電視節目不覺成為她消閒的娛樂。聽懂了才開始學著講，最初說話別人聽不明白，她感到羞恥，自己都這麼大的一個人了，說起英語怎麼總是張口結舌的呢？「知恥近乎勇」用在秀文身上頂有效的。她在丈夫的學校餐廳貼了一張廣告，標明跟美國學生交換學習語文課程：她教授美國學生中文，對方教她英語會話。半年的磨礪功夫使她的英語表達能力進步了不少，於是她在英語世界裡生活，勉強成為一個視、聽、講都健全的人了。

「能者多勞」這話一點也不錯，秀文的本事大了，她要幹的事情越發多了起來。以前英語無法表達的時候，錫明什麼事都得跟她一起做，簡單如買菜都要陪著她。現在她一個人要負責全部的大小事務，丈夫只管唸書、做實驗。他似乎有讀不完的書、做不完的實驗，除了吃晚飯的時間外，其餘都孵在實驗室裡，回家睡覺已接近午夜。

秀文沒上學，故認識的人沒幾個，平日要做的事情雖然多，但大半天的時間就做完了，餘下的時光就只能閱讀中文小說消遣。小說的情調都是傷感的多，她越看越傷感，卻沒處可找人宣洩，久而久之，本來就不很活潑的性格，變得更加多愁善感起來了。這種微妙的情緒變化，丈夫錫明是無從發覺的。

由於錫明的勤力用功，五年之後就拿到博士學位了，他們離開了大學，來到芝加哥南方的一個小鎮工作。他的公司是偌大的化工廠，小鎮人口至少一半是廠裡的員工，他收入豐厚，買了一幢房子。一部汽車是必須的，到秀文生了女兒之後，又買了另外一部車子。

男人生命中所追求的東西，錫明走到這階段，似乎都得到了。他現在要求做得更好的，大概是他的事業，但需要不斷刷新他的專業知識，所以他仍然十分忙碌，忙碌得帶勁，甚至意得志滿。

秀文呢？她當了媽媽之後，生活方面起了很大的變化；她沒有時間多愁善感了，每天照顧嬰兒的生活起居，就佔據了她的大部分時間。初生的女兒愛哭愛鬧，她夜裡起來兩次餵人乳，待到女兒吃飽了，自己才勉強淺睡半刻，又趕著起來為丈夫預備早點，等他上了班，女兒又呱呱吵著吃奶了。她有時連吃早餐的空閒都沒有就吃午飯了。下午趁著女兒睡覺的空檔裡，她趕緊預備晚上下鍋的菜式。女兒醒來張嘴要吃奶，到餵奶完畢，又是丈夫回家吃晚飯的時候了。晚飯後清洗盤碗之後，女兒的一身奶臭當然不洗不可，待一切家務都完成了，她已經累到連眼皮都垂下來，倒在床上就昏睡去。

她好像是一部工作機器，每天按時開動，按時停止，對於周遭的人與事都失去了應有的反應，她活著就為了她的女兒和丈夫，其他的事物也顧不上了。她的感覺越來越麻木，沒有喜悅、悲傷、煩惱、憂慮等情緒，因為她的心意太過專注於家事，拒絕了原來善感的心靈，麻木則是她唯一的感覺。

秀文這般麻木的日子一溜煙就過了幾年，直至有一天從朋友那裡聽來的一則故事，為她帶來了極大的震撼。故事的女主人剛生了嬰兒，這是她期盼多年的心願——當個媽媽，沒想到她的願望成真之後，竟然用自己的手，捏死了正在哭鬧中的女兒，然後自己服食大量的安眠藥，昏死在家中。等到丈夫回家，發現妻子和女兒都死了，他才猛然想到近日妻子的情況有異，她時常無故哭泣，夜裡睡不安寧，遇到嬰兒哭了，她往往不知所措，甚至陪著她哭，也有用力打她的時候。丈夫沒加以注意，他忙於工作，才釀成悲劇。

這則家庭悲劇，給秀文敲響了警鐘。多年來的刻板忙亂生活，埋沒了她的感性。她以為結了婚、生了子的女人，理應是過著如斯的生活，她忘記了女人除了做媽媽、做妻子之外，還要做自己——女人。女人是上帝造男人之後的又一大傑作。表面看來，女人的重要職責是結婚生子，但實際上，女人還有很多特性，需要在生命的歷程中，盡量發揮出來，才不枉白擔了一個女人的身體。女人的身體曲線玲瓏浮凸，就應該愛穿漂亮的衣服，保持天賦的身材。女人生來比男人感性，對事物較敏感，易喜亦易悲，應該好好灌溉這天生的特質，活成更性感的一個女人來。女人生來是輔助男人興家立業，卻不是要完全犧牲自己，因為女人也有本分去做到自我圓滿的職責。

秀文醒覺了，她要找尋一些自我的滿足。她僱了一個半職保姆看管女兒，自己在家附近的公司找到一份半職的工作，每星期抽幾小時往社區中心的體育館跑步，於是她的身心都得到調適，人也變得快樂了。至於丈夫錫明，有次回家吃飯，女兒見著他進入家門，即刻大哭起來，秀文說女兒怕生。就因為這句話，令他醒悟過來，過去只顧埋頭工作，回家又沒花時間跟女兒玩耍，才叫女兒對他感覺陌生。從此他也願意分擔秀文對女兒的照顧工作，家庭生活過得幸福多了。

（二）錦倫的丈夫也是個知識分子，剛從南京大學畢業然後輾轉到了台灣，在台北的一間雜誌社當編輯的事務。六十年代初的台灣還是瀰漫著一片政治恐怖的陰霾氛圍中，政府捉政治嫌疑犯的事件無日無之，即所謂的「白色恐怖」。百姓夜間睡到一半，可能被警備總司令部的人員入屋查核而驚醒，一經被懷疑隨即被監禁。

錦倫丈夫彥文在雜誌社工作，被政治當局注意是自然不過的事。偏偏彥文負責編撰的雜誌又跟社會文化扯上關係的，錦倫對於丈夫從事這種工作，總擔著一份沉重的心情，說不定哪一天夜裡，家中大門就會被警備人員衝入，把彥文拉去了。她時時刻刻活在焦慮恐懼中，奈何丈夫的想法跟她並不相若，他常說：「身為讀書人，對社會國家總要有種承擔的心志，如果連我們都無視於政府的強權無理，則我輩中人跟一般販夫走卒又有何異？」

錦倫被丈夫的志向感動了，況且她以前也是唸歷史的，亦曾在編譯館工作，只是到了台北才轉為中學教師而已。後來她為了表示對丈夫的支持，每天工作完了、做好了家務，還自願挑燈伏案為丈夫繕寫文稿，到夜深人靜才上床睡覺。丈夫是個寫作能手，工餘之暇筆耕不輟，都經由錦倫一手幫忙校對，後來書出版了，卻沒有被丈夫點名鳴謝，大概丈夫覺得這是她份內的事吧。

話說錦倫在台灣生活三十多年，熬過的日子絕對不是輕易的。六十年代初夫婦倆帶著孀居的婆婆逃到台北，本來年輕夫妻態度親暱應該是尋常事，譬如手拉著手在街上走路啦，或者在家肩並肩湊和地說著話兒啦，然而這種動作他們從來就沒做過。因為丈夫是怕媽媽不高興；這種不高興的心態，做兒子也猜不透原因，由於媽媽守寡多年，可能看不慣別人親熱呢？還是媽媽佔有慾太強烈了，不能忍受媳婦奪取了兒子的愛？她應該懂得分清楚：母子的親情和夫妻之間的愛情，根本就是兩碼子的事。她到底是個無知婦人，又怎能怪罪於她呢？但那三十多年的婚姻歲月也不好過，中間硬生生地豎立著婆婆這一道牆，任他們兩人怎麼努力，也無從跨越過來，達到親密無間的關係。好不容易熬到婆婆過世了，他們夫婦年紀也已近半百，兒女早已成家離巢。她原以為丈夫可以對她稍加體貼，無奈兩人感情壓抑已久，再也親熱不起來了。

雖然彥文待她從不親熱，但幾十年來，他日常生活上的點點滴滴，無一不靠錦倫照料打理。如果她不在家，他的生活會立刻失調，變得三餐不繼、寒熱不知加減衣服、生了病不知用藥，甚至最必須的家居用品放在何處，他都迷糊不知其所在，柴米油鹽取價若何，當然更不消說了，他似乎除了上班工作、下班回家抽閒寫稿，其餘就只曉得飯來張口、睏來倒頭便睡、醒來洗臉漱口，如此而已。

幾十年來，錦倫好像生了三頭六臂，除了上班辦事之外，還要照顧兒女起居，指導他們功課學習；事奉婆婆生活，更要看她臉色做人；對丈夫噓寒問暖，兼幫他抄稿。這一切的一切，沒有三頭六臂，如何幹得了？如今錦倫老了，身體大不如前，有次一不小心跌傷了足踝，在床上休養了五天。彥文負責看顧她，每天不得不為她及自己做兩頓飯，難吃極了，做起家事來簡直是「雞手鴨腳」，不知所措。他跟我致電訴苦說：「我祈求上帝，趕快讓錦倫好起來，不然我真的不知如何生活下去！」

錦倫經過那次腳傷之後，心情似乎有點鬱鬱不樂。後來她給我來了一封信，信裡剖白了她的憂鬱。信裡有這麼的一段話：「玉瑩，自從我讀了你和歐梵合寫的《過平常日子》後，我懷疑自己也患了輕微的抑鬱症。上次弄傷了腳，彥文的表現，真令我擔心，大概是我過往太慣他了，他完全沒有照顧自己的能力。假若有一天我比他先撒手而去，留下他一個人在世上，他怎辦呢？近日我總是想到老、死的問題，人老了身體都免不了要生病，我就是不能接受自己要別人照顧的現實。你知道嗎？我有多個兄弟姐妹，在可見的將來，我無法面對他們一一離我而去的後果，或者我應該祈求上天，讓我死在他們之前，就是最幸福的了。我現在才真切地可以體驗到『死在夫前一枝花』這句話的意思了。」

錦倫的焦慮我當然可以理解，她從來就是個強女人，一生只會照顧家人，從照料家人的行為中，找到了滿足感，找到了自我肯定的價值。一旦她老了，失去了自我認可的價值的時候，她一定會感到不快樂，除非她可以接受生老病死的自然規律。何況有別人照顧是幸福的事。我想如果她不是嫁了一個「四體不勤，五穀不分」的知識分子丈夫，若她不需要付出那麼多，而是和丈夫平均分配工作，很可能在晚年時，才不會產生這麼多的焦慮感。

本來嘛！諸如此類的故事，要說倒是說不完，但說得太多了，好像有點太過貶抑知識分子的男人了。他們當中也有例外的，例如內地的新一代知識分子可能比較懂得照顧自己和家人。他們受新社會訓練的結果，一般男人都會燒飯洗衣做些家務什麼的。女人和男人在家庭中的地位比較平等，這都是拜社會主義之賜。不像舊式社會的男尊女卑的現象，造成男性除了賺錢養家之外，其餘家裡事，一概不管。尤其到了海外唸書的留學生，他們大都是除了做學問，其他什麼事情都得靠妻子照料了，正應了：「百無一用是書生」這句古語。

第三十一回　轉回頭　緣繫故國情

我們在北京的飯館吃著火辣的菜，我這個南方人不嗜吃辛辣味，唯有撿著不辣的來吃。旁邊坐著你的媽媽，我們似乎很投契地說著話，她看著你的笑臉說：「畢竟是個土生土長的北京人，很久沒有見到她這樣開心了。前年在香港也很愉快，卻沒有現在的投入生活。什麼地方能夠比生活在自己的土地上來得舒暢呢？吃著地道飯菜，胃都感到舒適暢順呀！自然地說著話兒，用不著在外國捲著舌頭說『鬼話』，難怪她高興得緊哩！」

我順著你媽媽的眼睛瞅了你一陣，你和你的丈夫，還有歐梵說著話，邊說邊笑著，嘴巴合不攏來，那笑意濃如蜜糖，甜到化不開，是打從心裡發出來的愉悅。前年在香港的笑容是舒適的、淡恬的，又是有所保留的，彷彿大笑會促使你離開香港。這時的笑意是放肆的、毫無掩飾的，好像要向眾人宣示你現在的生活，是那麼的稱心滿意。

當然嘍！現在你是苦盡甘來了，多年來你被困在不是人住的鬼地方——休斯敦。雖然後來遷到度假勝地佛羅里達，但你還年輕，未到退休的年紀，那兒只會消磨你的凌霄壯志而已。更何況與丈夫分居兩地，你來回休斯敦和佛羅里達之間，他為了事業，沒得選擇，只好大灑金錢養航空公司。他跑累了，你盼他回家也等疲了。

你懷念在紐約的日子，那時候你還是個單身女子，在哥倫比亞大學唸書，周末在紐約街頭蹓躂、看場百老滙表演、到大都會歌劇院聽歌劇、在蘇豪區參觀畫廊；一間走完轉到另一間，直至腿瘦背痛才坐到咖啡店裡看書。這種生活才是你當初嚮往的美式生活。《到美國去》一書寫的正是你對美國的夢想，誰想到，美國不是隨處都適宜人居的，譬如休斯敦，夏天氣候炎熱而乾旱，令人皮膚早老化了十年，什麼颱風、大風沙全有。人傑地靈談不上，倒成了窮山惡水，一家三口，輪流患著怪病，是水土不服嗎？是風水不佳嗎？總之住了多久，身心就病了多久，太可怕了，你死也不要再待下去了，帶著女兒搬到更南的佛羅里達去。沒錯，那裡的生活質素好多了，只是每天都是和煦的陽光，叫人活得輕鬆、活得懶散。原來是個作家的你，對生活缺少了敏感度，很難寫出作品來，頹廢安逸使人變得麻木，然後你又陷進另外一種的焦灼不安裡，你需要找尋新的寫作靈感。

前年機會來了，丈夫被邀到港大當訪問教授兩年，你們舉家移到這東方之珠，雖是彈丸之地，卻是麻雀雖小，五臟俱全的好地方。你把香港比作紐約，雖有不及之處，但勝於佛羅里達遠多。在那兒它貼近內地，兩小時到上海，三小時達北京。你的創作靈感回來了，你呼吸著中國人的空氣，你感覺到自己人的血脈相連。那兩年你是愉快的，一年的時光過去後，你已經開始擔心著要離開的日子。美好的光陰如箭般消逝，最後，又是離去的時候了。回到佛羅里達，你會感到比以前更無聊吧？熱切追求出來的心志會更堅決吧？

這回你到北京，據說你希望多待些時間，還打算在那裡買房子，以後美國北京兩頭跑。誰又會責怪你有這種想法呢？你結婚十多年來，為了遷就丈夫的事業，你跟著他東奔西跑。女兒十歲未足，就換了多個地方居住。作家最重靈感，不安定的生活令你失去靈感的來源，寫不出東西，你無法高興起來。是找尋自我的時候了，因為你已經是個中年女人，人云：「人到中年萬事休」，但聰明睿智的你，甘心就此罷休了嗎，當然不了！人生閱歷多了，反而是創作的高峰期，現在你每天與中國人廝磨著，親身感受到他們的血脈流動，原始材料俯拾皆是，這就是創作的靈感。寫吧，寫吧，說不定很快就出來一本什麼《讓我們回到北京》之類的小說了。

丈夫知道你很想多留在北京一段日子，他不惜四處求職；香港、紐約都試了，有學問的學者到處受歡迎，結果美國東部的大學，東方的香港都同時聘請他，最後他選了紐約。將來你住膩了北京，回到美東的紐約，又可以尋回你失去的夢想樂園。誰說中年人不可以追求理想？但你總要向親人表達你的意願，幸運的人兒，最終是會如願以償的，誰說不是呢？

第三十二回　求獨立　真女人本色

嘉文是猴年生的，算起來已經到了三十六歲，表面上仍然是小姑居處。她不想結婚嗎？當然想嘍，只是交上的男友都已經有了家室，無法和她結婚。她不止一次跟我說：「我的命是偏房的命，永遠當不了正室，註定做男人的情婦，這是幾個算命先生跟我說的話。」起初我也不大相信命理這回事，和她相識十多年，看著她男友一個接一個地換著，也都是太空人（太空人者即是妻子移民外國，丈夫留在香港賺錢之謂也，此是香港回歸後的怪現象）。男友既然是太空人，日常見面是沒有問題的。偶然也在她家過夜，但到了過年過節，他必須回到妻家去了。這是她最不高興的事，可是她沒法阻止男友回家探望妻兒。

某年我跟嘉文聯絡得很密切，我們幾乎每星期都見面。她總是向我諮詢意見該怎樣對待她的男友，因為她跟男友之間產生了齟齬，不知如何取決。商議的過程中，她難免有怨、有恨、有憂、有徬徨，這些情緒都是當別人婚姻中的第三者經常遇上的，而且是投訴無門。

其實她那時的男友待她已很不錯。他給她買了一幢房子，裝飾得美輪美奐，更送她一部漂亮的轎車，唯一欠缺的就是一紙婚書。他曾答應跟妻子離婚，再和她辦結婚手續，時間一年又一年地過去了，他仍然是有婦之夫，還是每年回美國省親，他甚至向她撒謊，偷偷地帶妻子到夏威夷旅遊度假，在他的衣袋裡，她發現了一疊他和妻子合拍的照片。她火了，對於男友欺騙自己，她感到十分傷心，他根本沒意思跟妻子分手，換句話說，男友在敷衍她。多年以來她一直癡心妄想的事，至今一下子幻滅了，她真是心有不甘耶。不甘心又如何呢？分手了卻很多不必要的煩惱。多少個無眠的夜裡，她倍感深閨寂寞。因著男友對她的多方遷就，是為了補償對她的愧疚，令致她的脾氣越來越壞了。由於妒忌的心熾烈，更容易引發起多疑的性情，她不喜歡自己變成這樣，決定改變現有的環境，恢復自我的真女人本色。

什麼是真女人本色？她本來是個獨立的女性，中學畢業後就到社會工作，搬離父母的家，獨自租了一間小屋居住。起居生活都打理得井井有條，從來沒出過什麼亂子。自從認識了第一位男友之後，她不知不覺中成了「深閨怨婦」，為什麼會這樣呢？她自己也沒能找出道理來。我給她的分析是：她本來就是個倚賴性特重的人，獨自生活的時候，就知道無可依靠，只能自求多福地過著日子。後來男友進到她生活的範圍裡來，加以他又是個愛保護人的大男人，於是她就得其所哉地生活著。人類都是慣於懶惰的動物，一旦習慣了，也就無法獨立起來了。

和男友決裂之後，把房子退還給他，她回復了原來的真女人本色。工作給她帶來不錯的收入，有能力為自己買一幢小房子，汽車仍然是舊男友送的禮物，我們閒來坐著她的車到處兜風，也是一樂也。她以為這樣就可以安樂地過下去。誰知她就生來一條桃花命，沒到半年她又認識了另外一位太空人。

新男友是位大律師，人長得氣宇不凡，聰明絕頂。對於她的要求卻比以前的男友多起來了，他總覺得她的學識不足，關心的事情也太少了，穿衣服品味也不夠高雅大方，跟其他的女人比較起來，她只能算是中上的水平而已。既然她不合乎他的要求水準，那為什麼他要選她作為婚外女友呢？她曾經問過他這問題，他的答案卻是似是而非的荒謬，他說：「就是因為你的水平不十分高，才顯出我的優秀，況且我可以考驗一下自己的毅力和能力，把你改造成理想中的窈窕淑女。」

他的想法是荒謬，可奈她卻因為愛他而願意被改造。為了增廣學識，她工餘上課去了，選讀一些大學提供的校外課程。關懷社會國家大事，當然要多閱讀書本及報紙。至於提高衣著的格調，則有賴於平素對藝術的修養；不斷提高欣賞的水平，多注意世界服裝的時尚也是十分重要的事。她如此的刻意學習，不外是要取悅男友的歡心。

她努力的結果卻沒法令男友滿意，他以為她應該做得更好，經過幾次的爭吵後，他們分手了。最後一次吵嘴的過程，極之近乎戲劇性：那天是她的生日，男友請她到高級餐館吃晚飯。在昏暗的燭光影綽下，一雙情侶喫著葡萄酒，她喝得微醺，一不小心，把酒杯打翻了，紅酒灑濕了她的衣裙。她急忙召來侍應取乾手巾擦抹衣裳。事後男友嘀咕她的不小心，又批評她當天的裙子穿得太短，有失大體。結果一頓生日晚飯不歡而散，回到家裡，她大發脾氣，她生氣地說：「兩年來我竭盡所能討你歡心，你是知道的，似乎你仍然並不滿意我的表現，我想我們還是分手吧，我感到很疲累，再沒法支撐下去了，你還是另尋淑女作你的試驗對象吧。」就這樣結束了兩年多的戀情。

她又再次恢復了自由，我們倆的會面又繼續頻密起來，她駕車帶我四處遊玩。沒有男伴的她，似乎顯得更快樂，於是我忍不住問她說：「你是否想過，有家室的男人其實並不太適合你呢？忘記那些江湖相士之言吧，正經找個適婚男人結婚，豈不是更好？你適合安穩的家庭生活，不知你是否同意？」她聽後莞爾一笑，並沒有答復我的問題，但我知道她把我的提議聽進耳朵去了。

第三十三回　弱娉婷　情牽老母心

秀靈是我在香港教中學時的同事，雖然我只跟她共事半年，但後來卻還斷斷續續地聯絡著。最近一次的見面大概在四年多前，我的舊病初癒，人顯得疲累，臉色無華。她是個敏感的女人，問我說：「你看來身體及精神都不大好，是生病了嗎？」我那時不願意向朋友訴說自己的痛苦，只是支吾其詞地答和著說：「我沒事，只是近日睡得不好之故，你也是心事重重的樣子，有什麼事嗎？」她也是不置可否地含糊混過去了。我們這兩顆關閉的心靈交錯在一起，總是無法彼此窺視心裡的隱衷，但緣分的絲線卻牽著我們走過多個年年月月。

去年（二〇〇三年）我和丈夫合著的《過平常日子》被香港電台電視製作部拍成電視短劇，在電視上播放我們的故事。忽然接到秀靈的電話，她劈頭第一句話就說：「哎喲，可憐的玉瑩！原來多年來你受著抑鬱症之苦，為什麼你早不給我知道？痛苦有朋友知道會比較舒服，憋在自己心裡是十分難受的事，我過去幾年也是苦到了不得，弄到眼睛生了毛病，醫生說是情緒不好影響所致，他要我以後得放鬆心情，否則眼睛會瞎了。我真後悔自己過去沒和友人分擔掛慮，是自己太封閉了。你也是的，我以往問你情況，你都說沒事，才會形成抑鬱症，對嗎？」她連珠砲響似的說了這一大串話，我沒能答得上嘴，她的話卻未嘗沒有道理。

過了一陣她又來了電話，這次她說的話更多了，把多年來的遭遇都複述了一遍：

「我的兒子得了他爸爸遺傳的羊癇症，近兩年發作得特別頻密。他是個聰明的孩子，但長年的疾病令他變得孤僻。他不愛交朋友，下課回家溫習功課佔了他大部分時間，在家也難得跟我們說話，總是鬱鬱寡歡的。我只得他一個兒子，當然把所有的注意力都放在他身上。醫生卻認為我對他太看重了，無形中給予他很大的心理負擔。我真是進退兩難，不知如何是好。幸好他中學畢業了，去年底到了英國留學，住在親戚家裡，我算是放下一點心事。其實最大的心理壓力不是來自兒子，而是來自年老的媽媽。她今年已經九十歲，她從八十五歲開始就一直住在我們家，之前她跟姐姐過活，這幾年姐姐身體不好，把她送來給我照顧，我沒理由不看顧她。初來時她比較容易相處，過了兩年，因為身體越發衰老，性情都顯得乖僻，終日疑心自己患了重病。今天說頭痛，明天痛楚跑到胃裡，後天又投訴夜裡睡不好，令她沒胃口吃飯。如此天天鬧著要我帶她看醫生、做身體檢查，事後又不相信檢驗的結果，我被她搞得焦頭爛額，差一點需要看心理醫生。有一段日子，我夜裡睡不著，白天無故哭泣，更食不下嚥，丈夫見我如此情狀，嚷著要帶我去見心理醫生，我死命不肯去。幸好過了一陣，情況有了改善，就免除了見醫生服藥的煩惱。

我是怎樣克服抑鬱症的呢？當時我知道自己責任重大，既要看顧兒子，又要照料媽媽。我告訴自己不能生病，我必須想辦法讓自己有喘息的時間。上午兒子上學了，媽媽躺在床上不起來，我服侍她湯藥之後，就把家中電話拔掉，然後把自己關在房間裡，盤腿而坐三十分鐘，盡量什麼都不想，只把注意力放在兩眼之間的眉心部位。這樣每天做，初時雜念很多，慢慢就漸次減少了，直至幾乎做到心無旁騖。這寧靜的感覺真是舒暢無比，不知過了多久，我的情緒逐漸好轉了，就用不著見醫生了。」

她藉著靜坐來治好抑鬱症，這辦法我也曾聽聞，只是我從未親身體驗過。今年我回到美國波士頓之前，在羅省見到一位朋友，她也跟我說著同樣的話，而且還指導我打坐的方法。回到波士頓後，我也每天打坐，收到非常好的效果，睡眠果真好了，心境也平靜了不少。在我練習靜坐的時候，有一天秀靈來了信。她的信來得非常不尋常，她沒有我美國的地址，信是寄到我香港公司的地址，然後由同事轉來的。據說靜坐時產生的腦電波，可以感應到另外一個正在打坐的朋友，讓她也即時想到我，如果這說法是真的話，她的來信絕非偶然的了。

她確實有很要緊的話和我衷訴。她的信上說：「我的媽媽十多天前去世了，她病了年半，除了大小便之外，幾乎都不起床，每天在床上發號施令要我做這做那，我從來不敢怠慢。有時她會哭鬧，埋怨自己太辛苦了，卻又不可以立即死去，曾要我弄死她，她無法忍受病痛的折磨。我眼看著她的痛苦卻又無能為力，內心的悲傷非筆墨可以形容。我祈求上帝，在我日後臨死前最好不要像我媽媽般受苦。現在她去了，我理應感到釋放，但相反的，我覺得心情沉重得令我透不過氣來。我對媽媽有種莫名的愧疚感，在她生前，我沒有毫無怨尤地對待她，我甚至抱怨她，為什麼給我帶來這莫大的麻煩？如今她死了，我沒有機會跟她說，我真的對不起她。我真能體會到那句，「樹欲靜而風不止，子欲養而親不在」的深長意味。我希望這只是暫時的感覺，我以後還得過日子。我記得眼科醫生說的話，要我放寬心懷做人，現在最重要的是：做自己喜歡做的事，善待自己，眼睛自然會痊癒。我希望你也好好地生活，有心事儘管給我寫信，就讓我倆互相勉勵吧！」

我十分感謝她的來信，由於她的鼓勵我開始願意打開心懷，跟親友傾訴心事。當你開放自己時，別人也受到感召而向你剖白心情，這樣就不容易得抑鬱症。我的態度改變了，病魔再來騷擾我的機會，相信會大大減少。希望各位女士也好好記住這些話。

秀靈患的是早期青光眼，眼睛壓力有點高，醫生通常會處方眼藥水給病人滴，這只是輔助作用，可能對治療眼睛沒多大的效用。醫生會勸告病人放寬心情才是最佳的治法。我自己則患了黃斑眼，初時一隻眼看物件時，物件會變得彎曲；後來每天滴眼藥水，早晚用手指輕按眉毛上及眼球周圍的穴位，也服用一種類似維生素的補充劑，英文名稱是 Blueberry 藍草莓家族之一種莓，它的功用近似中國人常吃的枸杞子，含有豐富的維他命A，可強化眼睛功能。我如此調理著自己的眼睛，已經接近半年了，忽然發覺眼睛看物的弧度近乎正常了，不舒服的頻率也減少了。看來堅持做一些對自己有益的事情，總會見到效果的，持之以恆是至理明言。

第三十四回　佛前燈　信女改適主

牧師在殯儀館為她主持安息禮拜，述說著她的生平，還有她的兒子也走上台前憶述他母親生前行狀，都不外是一些表面的印象。單就她從一個信奉佛教多年的信徒，卻在離世前的短短十天裡改奉基督教，就隱藏了不知凡幾的心靈秘密。這些秘密的背後是抑鬱的、焦慮的、疑惑的、絕望的、恐懼的複雜情緒。

十二年前的冬天，她首次發現自己得了乳癌，幸好是第一期的病患，割除了一邊的乳房，休養了一個多月，又回復了吃喝玩樂的生活。那時她的丈夫在印尼經商，大部分時間都逗留在熱帶的風景區，享受著陽光海灘的閒情，天曉得他是否有美人相伴，有了婚外情？她當然還清楚地記得多年前的一次到訪印尼，在丈夫的家裡發現他有外遇的秘密，如果不是一雙兒女的勸慰，她早已跟他離婚。那次也不是第一次鬧分手，早在三十年前在英倫，又是因為丈夫的風流成性，令妻子的尊嚴受傷害，如此一次又一次的不忠，叫她對他失卻信心。偏偏自己又是個生性倔強的人，好強的她不輕易向別人示弱，習慣把感情埋在心裡，癌症可能就此而生。手術完成後，肉體的痛苦都獨自啃下了，心理的創傷更是無法估量。根據醫生的統計，有不少的重病病人，手術後會患上抑鬱症。她很可能也患了，只是她沒有告訴她唯一的女兒——她那時在香港，獨自經歷著婚姻失敗帶來的憂鬱，她不想女兒為她擔憂，把自己的感覺冰封起來，由是母女各自陷入痛苦的深淵裡，久久不能自拔。

歲月如煙，總也捉摸不清前途命運，唯有寄情於佛前青燈一盞、暮鼓晨鐘中體驗人生，啖蔬戒葷求贖前生罪愆，匆匆度過八個寒暑。多年後丈夫拖著衰殘的身軀回來和她共度餘年，他們相濡以沫地過日子，沒想到，三十多年的婚姻，到這時才真切地體驗到甜蜜的相依，多少個無眠的夜裡，兩個人在狹窄的廳房中來回走動，互相問候：媽媽你睡不著嗎？爸爸你為什麼咳嗽呢？媽媽你要好好安睡吧？爸爸你不要看電視節目了，快睡吧！這麼的一段日子，是窩心的感覺，她大概希望可以一直天長地久地活下去。

但天意是無法預知的，人有旦夕之禍福，二〇〇一年初，她的癌病復發，癌細胞轉移到骨骼，初期作了十次的電療，事後情況頗好，持續了一年多情況尚好的日子。有好幾個夜裡，她徹夜未眠，思前想後，滿懷心事，想到自己的前半生：十歲喪父，跟著寡母兩人過活；十七歲結婚了，丈夫是個俊俏郎君，出身富裕，不事生產作業，終日遊手好閒，竟攜女友手路經家門而不入，她親眼目睹情狀，生下小女兒不足一年即提出離異，並央請自己的寡母來家照顧兒女，隻身赴港謀生。

二十剛出頭的她，到了十里洋場的香港，因她讀書不多，只能在寫字樓覓得一份小文員的差事。除了養活自己，還得儲錢接在內地的家人過來。平日省吃儉用，生活清苦，沒想到在一個極之偶然的機會，認識了一位富家公子，他們幾乎是一見鍾情，並開始了約會。

上天有意憐芳草，灰姑娘竟然可以克服千般困難，成功地下嫁給白馬王子。她再婚時，她媽媽又警告她說：「靚仔（俊男）沒良心！」在她的一生裡，她都一而再地體驗到這句話的真實性，但她每次遇上美男子都會一頭栽進感情的漩渦裡。這大概是命中註定的桃花劫數，半點由不得自己。

如果他是個感情專一的男人，長得俊美又有何不好呢？偏遇上他是個風流種子。對於丈夫的風流成性，她是不能啞忍的，如果人在眼前，可以三朝兩日跟他吵鬧，無奈他人在外地經商有年，要吵也吵不上嘴。

她只好寄情於「四方城」內的鬥爭，日以繼夜地「攻城掠地」，換來的是更多的空虛和寂寞。好不容易守得雲開見月明，丈夫和她最終可以相聚在一起了，但大家都成了五勞七傷的人了。

癌細胞在她身體裡搗亂，把她堅強的意志力都吞噬了。有一陣子她還滿有信心地抗癌：什麼靈芝藥療法、什麼救命蔬菜湯療法、氣功治法，她都試過，似乎沒有很大的效果。後一段日子裡，她灰心絕望，骨頭的痛楚令她癱瘓在床上，連翻身都有問題，更談不上如廁了。她遵佛堂師兄的囑咐躺在床上誦經，祈求菩薩保佑自己可以無疾無痛而終，明知是種妄念，只因癌細胞把她折磨得失卻理性。

她從沒跟女兒表達過歉意，但最後的幾次見面時，她竟然哭著對女兒懺悔，年輕時沒有好好照顧她。她的眼淚流個不停，比之一生流的還要多。年輕時為了追尋自由自在的生活，婚後隨丈夫到英倫讀書，她把教養一雙兒女的責任轉交給媽媽，造成了後來無法彌補的親情缺陷。她希望藉著淚水洗滌乾淨她愧歉的心情，也沖走焦灼不安和更多的恐懼。

由於埋在內心深處對丈夫的不信任，對於丈夫每天廿四小時的服侍，她並沒有感到幸福，反被她解釋為女冤鬼附在他身上來害她。她臥在床上，口中唸著佛經，企圖趕走冤鬼。如此惶恐不安地度日，最後她連經也不唸了，硬要住進醫院裡，住院沒幾天，就改奉基督教，在接受洗禮的當時，她找尋到內心的寧靜。枯黃的臉現出如花的笑靨，幾天之後她含笑而逝，結束了傳奇的一生。

第三十五回　善心婦　助人情懇切

我認識淑賢已經是十多年前的事情了，那時我和丈夫剛返港教書。她看來大概五十許人，是福建人，家住北角，那時候的北角有「小福建」之稱。早期來港的福建人都愛聚居在一起，鄉里之間能夠互相幫助。那時我從波士頓返港只有兩年，甫抵港即有友人介紹到一處地方學習一種功法鍛鍊身體，我閒來無事就去了。事後我感覺身體有了改善，於是介紹淑賢也去了。因為她告訴我近日身體不太好，從此我們每星期見面一次，從此便成了很要好的朋友，平日有時也有見面，我們天南地北似的無事不談，很自然談到家裡的事，我開始了解她更多了。她是福建人卻最愛吃上海和揚州菜，而且每次都搶著付帳，次數多了之後我覺得十分不好意思接受邀請，但她總是堅持，盛情難卻之下我只好接受了。

有一天，她邀請我到她家。她介紹她的兒子給我認識，但她的兒子見了我，隨便跟我打了招呼便到自己的房間去了，我並不以為忤，當時淑賢竟然眼中含淚，我問她說：「你因何如此傷心呢？」她答我說：「唉！子玉你有所不知，我這兒子患了自閉症，多年前，我送他到加拿大唸『保險精算學』，是間當時著名的大學，以為他回來後可以找到一份好差事。誰知他回港後，卻終日窩在家裡不出門，只在家中幹些買賣股票的行當，我十分焦慮，曾多次鼓勵他，他卻置若罔聞，我實在沒有辦法。這次請你來我家是想你勸他，誰知他也是如此反應，我真是失望極了！我的命真是苦。」跟著她哭得更厲害了，我被她的表現嚇得不知所措。

其實誰人家裡沒有煩惱呢？為什麼唯獨她這樣緊張呢？在下次見面的時候我再問她原因，為什麼她顯得如此焦急，她才慢慢地告訴我：「我原來也曾上過大學，在浙江大學唸的是工程。『文革』時被打成右派，被迫幹些低下的工作，每天掃街。當時的丈夫怕受牽連，即時提出和我離婚，我只好接受了。當時兒子還年幼，跟著我幾經辛苦來了香港。我身邊還有些錢，於是弄些生意來做，誰知生意越做越好，生活沒有問題，買下現在住的房子。誰知好景不常，有樁生意被騙去了一大筆錢，天可憐我，後來又賺回來了。」

如是者又過了幾年，她鍛鍊後的身體本來已經好好的，又出毛病了。有一天忽然收到她的電話，她說：「子玉，我最近胃口不佳去做身體檢查，醫生說我患了胰臟癌，我知道後十分驚慌，首先想到的是我的兒子找誰去照顧呢？令我擔心極了。」我聞訊後不知該怎樣去安慰她，沒想到她竟然反過來安慰我說：「子玉不要緊，人生總會有離世的一天。」我反而覺得自己太慚愧了。

自此之後，我有空就去探望她，她仍然每星期去練功，從來沒有缺席，而且還教一些新來的學員；遇到有學習困難的，她都親自指點，她的耐心真是令他們很感動，遇到經濟有困難的人，她還掏腰包幫助他們，所以班上的同學都很感謝她。

有一天她忽然致電給我，請我到她家裡，我聞知即時趕去，恐怕她出了什麼事。誰知她請我進門之後告訴我，希望我以後要多來她家，並請我煮些煎蝦子給她，因為她兒子最愛吃這個菜，學了以後希望藉此改變他那自閉的性格。她這個請求不過是舉手之勞，我當然義不容辭，立刻答應。沒想到她兒子的態度依然沒有絲毫改變，而且變本加厲，並不欣賞我們的做法，可是她還是不離不棄地繼續做，沒有因此而放棄。我當然支持她如此這般的繼續做下去。

如是者一天一天過去，我依舊常去找她，但每次都見不到她，開始擔心起來，一個患重病的人，為什麼老是不在家呢？後來到鍛鍊中心問同人才知道事實的真相。

我們見面的時候我禁不住問她，初時她支支吾吾沒有答我，經我再向她追問，她才告訴我說：「子玉，你知道我是個垂死的人，我得多盡點力多幫助有需要的人，不然我時間不多了，豈不是死而有憾？」我聽後非常感動，但是她告訴我，她去幫助人並不是每個人都願意接受的，遇到認識她的朋友，有的會拒絕接受她的幫助，他們知道她有絕症，有些無知的人以為癌症會傳染人的，故此不願受，但她一點兒都不生氣，繼續她的做法。我覺得她真是個性情中人，更是一個難得的行善者。

她是一個佛教徒，但時常隱姓埋名，捐錢給許多基督教會。當時我雖然住在香港卻時常隨丈夫到外地講學。她時常寫信給我，告訴我她的近況，給我許多安慰的話，反而令我羞愧莫名，理應是我該做的事反而她先做了。到了我回港之時，她還送上一本《心經》給我讀，這本書仍然存在我家的書架上。現在回想起來，對於後來我也信奉觀世音菩薩或多或少都有著一些影響。

過了兩年的日子，她來電話請我去見她，那時她病情已經很嚴重了，我忽然想起有一位替我們做理療的慈濟師姐，我希望她願意一試這種治療法。她慨然接受，這位師姐也去了兩次，但效果不是很好，後來我才知道原來她的醫生說她不能接受任何理療的，但她因為不想拒絕我的好意，勉為其難地接受了。其實她為了治病已經花了不少錢。師姐兩次到她家時，她送給師姐不少錢，可見她的大度。

有天接她兒子的電話，要我趕去她家，我知道大事不妙了。她那時已經不成了，拉著我的手，笑容滿臉地對我話說：「子玉，見到你真好，我死後，請你多來看我兒子，雖然他不大理會人，但我放心不下他，希望他不要跟外界斷絕關係，他性情越來越乖僻，對嗎？你是我的好朋友，是我可信任的人，希望你不要拒絕。」我當兒含淚答應她，她握著我的手是溫暖的。最後她吩咐說：「子玉，我歿後願意把一部分的錢送給練平衡操功法的團體，此外我家裡還有幾幅名人送的字畫都一併送給他們，我知道他們這些志願機構，經營不易，賣些錢也算是我出的一份微力，餘下的錢留給我這個不成材的兒子作日後生計之用即可以了。」

我想這樣的人太少了，如果世界上多幾個這種人，世界也不會如此亂成一團了。我希望能有這種善心人，給予人間多些溫暖。

第三十六回　抗癌女　紅顏竟薄命

任玉寶是我大學時的好朋友，她住的家離我很近，我倆相約一同上學，一起結伴到學校飯堂吃飯，度過了愉快的四年大學生活。她是北京人，普通話很靈光；我是廣東人，幸好我中學的老師也絕大多數從中國各地而來，故此上課時常說是南腔北調的普通話，久而久之我也勉強學會了說著帶有廣東口音的普通話了，所以我和玉寶平常交談用的是普通話。我時常跟她開玩笑說：「我的普通話是很普通的。」她總是鼓勵我說：「我們都是普通人，當然說著普通話了。」她這麼一說，給予我莫大的信心，於是我們繼續做著普通人，過著普通的生活。我過得非常開心，知道知足常樂的道理。

可是每個人的生命不是你要普通就會永遠讓你普通地過下去，總會有不尋常的事情發生的。不然為什麼會有「世事如棋局局新」的說法？玉寶日後的生命就是這樣了。

大學畢業後，我們各奔前程，她留在香港，我則到了美國深造。我們不時以書信通消息，互相關心問候、互報平安。我在美國結婚了，她在香港結婚的日子跟我的非常接近，都是在中秋節前後，加以我們同唸中文系，我尤其喜歡看文學作品，其中《紅樓夢》是我最愛讀的一部文學名著，而她的名字是玉寶，倒過來唸就是寶玉了，所以我們特別投緣，我中學時期已經捧讀這部書，而且讀了不只一次，而是兩、三次。所以看到黛玉葬花的一段，她看花懷想、對月傷情的性格，令我十分同情，多讀了令人也受其人感染，造成了比較悲觀的性情，當然也跟我的幼年窮困遭遇有關。玉寶出身富裕，自小受父母寵愛，向來樂觀開朗，我和她在一起，多少受到她一點影響。

猶記得有一次從她的信中知悉她患了腦癌的消息，我緊張極了，不曉得如何安慰她，她反而說：「玉瑩，不緊張，有病去治就可以了。」我當時信耶穌，幾乎每天晚上向上主祈禱祝願她早沾勿藥。可惜到我返回香港時，她已魂歸天國了，我欲哭無淚，我到北京探望她家人時，他們含淚告訴我她臨終前的抗病情況。以下是她媽媽告訴我的話：

「玉寶這孩子太不認命，她得病後返回家來，不肯每天臥在病床上，而是每天出外到處走動，我勸她，她總是不肯聽從，每日如是出外。真是生女不知女心肝，我只好任由她自己去應付了。在很多個無眠的夜裡，我默默地祝願，希望她有一日能夠克服癌症，祝願還祝願，可是『天命天註定，半點不由人』。有時候我偷偷地跟著她背後出街，生怕被她發覺，總是距她數步之遙。幸好一直都沒有給她警覺到有人隨尾跟著她。我多次看見她走進書店，買了多量的書，在不離家的時候，她會乖乖地躺在床上讀著購來的讀物。等她離開家門後，我會審視她看的是什麼書，原來她看的全是有關如何治療疾病的醫學書，醫學名詞一大堆。她從那兒學到很多病理的知識。啊！我的女兒不要坐以待斃，她要努力充實自己，以求自救的方法。

過了一陣，她如舊每天不在家了，到訪一個又一個的朋友，我隨她到處走動，偷偷地在她朋友家門口等候她出來，沒想到她走進一家又一家探訪，當中還有社會名媛孫小琳，希望通過她的社交圈，可以找到治療腦癌的專家。我認識孫小琳這個名字，是從報紙上得知的，因為她是社會名媛，在社交場合非常活躍，她的相片常見報，故此一眼認出是她。

在一個風和日麗的中午，玉寶坐下來告訴我為什麼連日來到處訪友的原因，為的是問她們是否有患上腦癌的親友或有否遇上專治這種病的專科醫生，但最終都失望了。她在失望之餘只好回家另求解決之法。在她幾乎覺得求救無門之時，她遇上一位男人向她示愛，請求跟她結婚，她心想自己身患絕症，不想誤了他，斷然拒絕了他，而且她不相信天下有一見鍾情的事情，他這樣做無非是因為自己家中有錢，在這情況之下，她沒有答應的理由。可是她求生的意志仍是非常熱切，雖然自己的朋友沒有提供能治腦癌的醫生，她想中國這麼廣大，真的不能找到可以治療她的人？難道沒有其他國人患上同樣的癌症？她決定到其他地方去找名醫，哪怕跑到天涯海角，她一定要去。一旦她立下心腸了，我當然願意陪著她，我們走遍了北京附近的城市，竟然沒法覓到一個可以信服的醫生，絕大多數的醫生回答說：『腦癌這症，患的人比較少，我們可以試著替你治療，但不保證可以治好。』我們聽後都覺得醫生的話太不合理了，身為醫生一點自信心也缺乏，如何治好病人的病呢？我們母女二人只好另請高明了。

幾經辛苦，在上海終於找到了一位說話稍為合乎道理、令我們信服的大夫。於是我們立刻進駐醫生服務的復旦大學的一間醫院接受治療。治療腦癌的程序十分繁複，先來全身檢查、驗尿、抽血、拿血清樣本、掃描腦子狀況、做超聲波等等。待到一切程序完成了，才正式開始治療，當然已經確定了腫瘤大小。經過這一番折騰後，可憐的玉寶已經累壞了。隨後的治療更是繁複，什麼電療、化療、服藥，她整個人都變了樣子，幾乎連我也認不得她了！就一個月的時間她瘦了十公斤，頭髮脫光了不在話下，連說話的聲音也沙啞了。雖然如此，她並不放棄，因為醫生說已經完成了治療程序，她可以回家靜養了。回家休息了一個月再到醫院複診的時候，腫瘤還沒有消退。經過之前的痛苦經驗，她仍然要求醫生替她作第二次治療，於是再次重複過去的程序，本來頭髮已經長回了些少，現在從頭再來，這一次當然更痛苦了。

歷盡兩次痛苦治療之後，玉寶的心仍然未死，她仍然想盡辦法找尋生存之路。每天在家讀著先前買回家的讀本，幾乎一字不漏地唸下去。不知是否她誠意感動了上天，有一天她從書中知悉，若屢醫無效，必須多跑到戶外接觸大自然，吸收大自然的陽氣，可能會加強病人的自癒能力。她是個坐言起行的人，於是每天大清早起床，穿好運動衣裳和鞋子，快步跑到家附近的公園去。在跑步的過程中，她往往出了滿身大汗，濕透了衣衫，她沒有理會，繼續地奔跑，從不肯停下步伐。到了公園，她兩手環抱著大樹，對樹木說：『樹呀！請你賜給我能量，滋潤我這殘缺的身軀，叫我重新得到活力。』除了在公園跑步之外，她還在郊外租了一塊小小的土地，每天閒暇之時，穿了薄衣，在土地上播下各種蔬菜的種子，依時給菜田澆水，而且也跟蔬菜說話，都是一些鼓勵的話。

她如此這般的做著同樣的事，沒有一天停下來。由是過了大半年，雖然她沒有看醫生服藥，她昔日的身體竟然逐漸強壯起來，人也長胖了。我看著她的改變，真是高興極了。唉，有什麼辦法，人終不能勝天，玉寶最後還是魂歸天國了。」

玉寶的媽媽含著眼淚，結束了她女兒與腦癌奮鬥的故事，我聽著也流下淚來。我的這個朋友，憑著她堅強的意志，日復一日地與病魔拚搏到底的精神，真是令我佩服，也令我懷念不已，就以這篇文章，作為祭文好了，願她一路走好。玉寶，我愛你的心猶如《紅樓夢》裡黛玉愛寶玉，永遠不變。

新生

轉念之後，作出改變，才會發現美好。經過多年的磨難，要得到新生還是要靠自己，須有堅強的意志力，才能「咬緊牙關活下去」。她們從現實的生活經歷中得到的教訓是：「真正的堅強是要靠堅持」。

第三十七回　台灣婦　與絕症共舞

在台北，我有一位非常要好的女朋友。她的星座和我同屬雙魚座。我們的性情相投，她比我更為樂天知命，我是自愧不如。

數年前我在台北住了兩個月，卻只見了她幾回，為什麼呢？我初到那兒的第一個月，聽友人說她得了癌症。幾個月之前才剛動了手術，跟著陸續做了化療和手術。我聽到這消息，理應立刻給她致電問候，可是我卻沒有勇氣這樣做。我被這消息嚇壞了。我遲遲不跟她聯絡，並不是我不關心她，而是我無法接受如她這麼曉得養生的人，竟然也會得癌症，我怕見到她病懨懨的樣子，故此，我一直拖延著，直到有一天見到她的丈夫，笑嘻嘻地來跟我們一幫朋友吃飯，才鼓起勇氣來問候她。她先生說她現在情況很好，逐漸恢復過來了，還說改天要請我們一同吃飯。

邀約的日子到了，那天我見到她，她看來稍為清瘦了一些，精神很好，只是戴了一個假髮頭套，樣子有點兒不一樣，變得年輕了。跟以往一樣，她笑容滿面，神態自若，沒有半點病容。那天我們被請到山上吃野菜和土雞，臨吃飯之前，她拉著我的手，說要帶我去看她的自耕地。所謂自耕地就是在山上租了一幅小地種植一些蔬果什麼的，既可以到山上來呼吸新鮮空氣，又可鍛鍊身體，實在是個好主意。住在城市的人，平常很少機會作體力勞動，身體狀態才會日漸衰退。

我們一眾人跟著她步行上山，她走在前面，健步如飛，氣不喘、力不竭，我們反而有點氣力不繼的感覺，有鍛鍊的人就是不一樣。從那天開始，我立下志願要多做運動，一則怕生病，二則是受到她的感召。

在吃飯的時候，她坐在我的旁邊，告訴我她那幾個月來跟病魔搏鬥的過程。疾病來勢洶洶，她一下子被它打倒了，很短時間內即決定動手術、做化療，頭髮都掉得幾乎光了，她說：「我忽然得病，心裡完全沒有準備。待到手術完畢，在加護病房裡捱著痛，心裡牽掛著我的一對女兒，小女兒才九歲。我告訴自己，我還這麼年輕，我的責任未完呢！我一定要把身體調理好，我要看見她們長大成人、成家立業、生兒育女，才可以功成身退。我住在醫院好多天了，一直沒有見到小女兒來看我，我跟丈夫說我很想念她，希望可以看見她。第二天小女兒來了，我一眼看見她的臉兒沒了笑容，兩目無神，一副憂鬱的神情，最顯眼的莫過於她眉頭處一塊青瘀的痕跡。眼中隱約含有淚光，我很心痛她。

有天一位中醫朋友來探望我，我問她為什麼我家女兒的眉頭有青印？她答說：『這是小女孩受了驚嚇之故，她可能被你的病嚇著了，而她爸爸沒有帶她到醫院去，她夜裡大概又睡不好，擔心媽媽的病情。』我聽後，心裡很是難過，小女兒倒是很懂事，我對自己說一定要好起來，我不能丟下她們不顧而去的。還有丈夫也是滿需要我的，我的妹妹事後告訴我，我做手術的那天，丈夫和她及另外一位朋友在房外等待。六個小時的手術時間，丈夫足足哭了六個小時，不吃任何東西，就只知道哭。妹妹說：『姐夫很傷心地哭，不肯吃東西，我和朋友雖然很餓，卻不敢在他面前吃便當。可見他愛妻情切，堂堂一個大男子漢耶！看著令人感動呢！』我想自己是很有福氣的；一個疼我的丈夫，一雙可愛的女兒，從小爸媽視我為掌上明珠，我還有什麼缺乏的呢？」

醫生說癌症病人最需要保持樂觀的心情和積極的行為，切忌悲觀消極的心態，這種情緒會加深病情，不容易復原。我這好友就是憑著堅強的意志力把病魔打退的。手術完成後，她一邊做著化療一邊積極地做運動。她的住處靠近一個大公園，每天早晨五點半起床，就徒步到公園去。初時大女兒和丈夫都輪流陪著她走路一個小時，也隨著她在公園裡做著不同功法的團體練身，什麼健身操、大雁氣功、易筋經、呼吸功、生命自救功法，林林總總不一而足，半年下來她簡直是「身懷絕藝」，十八般武藝樣樣皆通。除了練功還有服中藥，找氣功老師貫氣給她。

次年的三月份，我回到台北，再次見到了她，她氣色比她生病之前還要好，神足氣爽，聲音清亮，怎教人相信大半年前她是重病病人呢？我決心跟她到公園走路去。習慣晚起的我，早上五時半起床實在有點難度，幾天之後，倒是習慣了，也不覺得辛苦。人到了公園，看見一群群的男女老少作晨操，各適其適地做著運動，場面令人感動。我這個住慣城市的人，平時很少見到如此多的樹木，而且種類繁多、有大有小的，均是青蔥可人，我細心察看之下，原來樹葉是如此的美麗的；形狀有碩大如巨人的手掌，有嬌小如天上的星星。我們走到一棵小樹的前面，她忽然說：「玉瑩，我介紹這棵『救命恩人』樹給你認識。」我跟著她用手去撫摸樹身；只是細小的樹幹，葉子綠中鑲了白邊，橢圓形的小片，看來雅致可喜。她告訴我這樹之所以為救命樹之原因：「我剛來這兒做運動的時候，身體還很虛弱，看見滿園青嫩的樹木，每天的變化都不一樣，早一天仍是豆芽般的葉芽，第二天已起了變化，過了一星期更是滿枝茂葉了，這棵樹我一眼看見它，就很有感覺，它雖然很細小卻是生趣盎然。我一直跟它說著話，它好像在安慰我，叫我不要灰心，現在身體雖然羸弱，只要堅持努力鍛鍊，身體會日漸茁壯起來的，正如這棵嬌小的樹也會越長越壯大的。我就是日復一日地運動，沒多久果然感到好了許多了，所以這公園的每棵樹都是我的朋友，我每次來到這裡，心中不期然興起感激的心。」

其實呢，要感激的應該是她的癌症，有了它，她懂得了生命的可貴；得了它，她知道忙亂的生活對她不好，她開始調整生活的基調，她看見了生命的意義，讓她注意如何作息才是最重要，更曉得健康原來是無價寶。生病後她停止了工作，每天除了運動就是約朋友聊天、旅行或者做一些有趣的事情。她說：「原來生活是可以如此美好的。」

在她身上，我也學懂了「放下」的輕鬆。她原來日理萬機也可以放下一切來過悠閒生活，我本來就是應該可以悠閒過日子，為什麼總把自己的生活安排得這樣緊張呢？為何不可以過得更輕鬆呢？

又過了一年，她還是安詳地過去了。去世前她為丈夫找到一個女朋友，並把女兒的學業和事業都安排好了。

第三十八回　一枝梅　嚴寒撲鼻香

一天秀梅收到銀行寄來的一封信，提到最近她開出的一張支票，面額超出了她在銀行裡的支票存款，說得準確一點，是她和丈夫李子強的聯名戶口。支票是子強開的，付的是電話費。「什麼？上月的電話費是一萬一千多港元，不可能吧！我從沒有致電到美國芝加哥去，而且是每星期幾回，每次都在深夜裡，子強回來我得問問他，大概是電訊公司弄錯了。」

那天晚上我家的電話響起鈴聲，我拿起電話聽到秀梅氣急敗壞的吼叫聲，她說：「我今天晚上才發現了子強的秘密，他在芝加哥有了一個女朋友，他每隔一天深夜裡給她打電話，已經有好幾個月了。以往都是他開的支票付費，我從來沒有注意銀行扣除了多少錢，剛巧碰上這個月的費用太高了，銀行戶口存款不足，來了退票，我追問他，他竟然老老實實地向我招認他女友的事。你知道嗎？他的論文一直沒有寫好就回來教書了。每年趁著暑假回美國收集資料及研究，都有兩年了。他告訴我，今年的夏天回芝加哥大學，在那兒的圖書館遇見一位同科系的女孩子。他們一見如故，談得十分投契，回港之後，一直有電話聯絡，只是近兩個月內電話接觸越來越頻密。你知我素來早睡早起，他這個死鬼就偷偷在客廳裡跟她談情說愛。我也真夠糊塗啊！發生了這件事我竟然沒察覺出來，直到昨晚偶然醒來才聽到！」她說著說著，聲音裡有些微的顫抖，卻沒有哭起來，我倒很佩服她的鎮靜。然後我問她現在作何打算？她說：「我跟他說，如果從現在開始他斷絕和她來往，明年回去也不去找她，我願意前事不究，跟他重新開始。」我又急忙問她：「他的反應怎麼樣？」她傷心地說：「他說他不願意不理她，他們的感情已經到了難捨難分的階段，我好不傷心呀！我們從大學二年級開始認識到現在，少說也有十年多的日子，他跟她就那麼幾個月的交往，他說割捨不得，那我還可以說什麼呢？看來分手是唯一的途徑了。」

我認識秀梅是多年以前的事了，她從香港到芝加哥唸研究院。那時子強已經早到了芝加哥一年，我們一班年輕人時常聚在一起玩，她抵美的那天下午我們開了一個派對歡迎她，大約到了黃昏時分，幾個男生簇擁著一位妙齡少女從汽車中走出來，她束著一頭烏黑油亮的長髮，半圓形的嘴唇旁邊陷了兩個酒窩，顯得笑意更為甜美，一雙清澈如溪水的眼睛架上一對眼鏡，更增加了她那種特有的清純書卷氣。我看著她走進門來，她的靈秀之氣把我吸引住，我急不及待地走上前跟她握手作自我介紹。

之後，很多個周末的晚上，他們都來我家聊天，我們度過了無數個快樂的節日。讀書的日子永遠是最快樂的，我們各自懷著對未來的理想目標，總企盼著畢業之後，可以一展所長，報效社會。

八十年代最後的一年，我們回港工作，他們夫婦過了三年也跟著回來了。在大學裡找到教席，算是十分幸運的事，當時一九九七年香港回歸的談判已大致上談妥，回港的留學生相應少了，故願意回流的留學生大都找到職位。

職位是有了，但教書的壓力也很大，記得秀梅有次閒談中跟我說：「玉瑩，不要說你患有抑鬱症，我懷疑自己也患了這病，忽然有一陣難過的感覺襲擊我，靠近河旁走路回家的當兒，常有種衝動想跳到河裡，就不須再面對教書的壓力了。你看！我滿臉都長了痘痘，醫生說是青春痘，我都快三十五歲了，還長青春痘？這只是精神壓力太大，令致內分泌失調所致。當學者難，女人當學者更難，除了教書之外，還得發表文章，以後能否拿到長俸，還要有書出版呢！其實香港的大學並沒有提供做研究的空間，系裡行政一大把，花在教學的時間又多，回到家已經累得提不起勁做學問了。」

教書的事已經夠煩心，現在再加上婚姻問題，我想她會十分辛苦的。可是，我自身難保，正跟丈夫分居，並患了抑鬱症，如何有餘力幫助秀梅呢？過了兩個星期左右，一天她突然來了電話，她說她要搬家了，從丈夫的家搬出來自找房子住，她不願拖拖拉拉地生活下去，她要自力更生，重新過著獨身的日子，但要努力活得更好。她真是說幹就幹，沒有為離婚流淚，找房子、找律師辦分居手續，都是她自己辦妥，沒有要求丈夫子強出一分力。房子搬妥了，她已經適應了獨自生活的孤單寂寞，我想她從來就是一個勇敢的女人。

記得在美國留學期間，她母親在港病重，她休學半年返香港陪伴母親，她說：「我媽媽才真是一個勇敢的女人，她知道自己患了肺癌，大概時日不多了，她沒有哭哭啼啼地在等死，她勸慰我和弟弟不要傷心，她說人總有離開世界的一天。離世之前，她要為自己準備好身後事，每天早上起來吃過早點後，跟我們一起讀經一小時，然後說說話，內容都是我和弟弟童年時代的趣事，吃過午飯後，午睡片時。下午花兩小時的時間收拾她的舊衣物，她動不了，都是吩咐我倆做的，她會告訴我們哪些物件需要留下，哪類東西把它丟掉，還有預備她死後入殮時的穿戴，她還親自設計衣服的樣式及指定布料，我常被遣送到街外為她買衣料，送衣服式樣到裁縫店做新衣——壽衣。我很多時候都會忍不住流淚，媽媽總是笑著跟我說：『媽媽都不哭，你們哪有哭的道理！』到最後的一段日子裡，她連呼吸都有問題了，而且整個人都迅速瘦下來，她拒絕見所有來探病的人，她不要親友記住她憔悴的病容，媽媽就是這麼一個好強的女人。臨終前的一個星期，我們什麼地方都不去，每天跟媽媽說著話，她偶然咧嘴而笑，有時我們三人拿著舊相簿翻閱，我想以前的美好時刻藉著相片的影像，都一一深印在媽媽的腦海中，一直到她含笑而逝，帶到她要去的天堂去。那幾個月的時間，我彷彿也經歷了死亡，然後重生，記著媽媽的話語：『人生在世，不一定要活得長，但要活得有意義。』我想她真的做到了。」

我想秀梅的媽媽給她的影響很大，雖然她後來告訴我有關她身世的秘密，她說：「我家的老傭人跟我說，我並非媽媽的親骨肉，媽媽從別人家中把我領回家的，那時我還在襁褓中。老傭人問我，要不要認回我的親生父母？我說我不想，媽媽雖不生我，卻把我養育成材，而且她的行事為人，確實值得我引以為傲的。」

最近我跟她敘舊，問到她的近況和心情，她笑笑地答我說：「我不怕死，不怕病，我最怕的是老。」畢竟是一個有經歷的女人，每個人都有她的盲點，她太要求完美了。

第三十九回　強志婦　苦救難中夫

可兒是我從小認識的朋友，她媽媽給她這個名字可謂十分貼切，她是名副其實的可人兒。凡認識她的朋友也都很喜歡她，都很喜歡與她來往。那時我們都很年輕，每逢攜手出遊之時都感到非常開心，因此幾乎每隔一段日子總會約見一回，在繁忙的功課壓力之下，往往令我們平添了不少樂趣。我們見面時的話題多是一些女孩子的瑣碎事情，當然也有說到家庭的情況。我會告訴她我在學校暗戀一位男老師的傻事、怎樣拒絕那些男同學的追求等等。當說到家庭的事，我會有些不很開心，因為我父母結婚不到兩年即離異了，我和哥哥跟著外婆相依為命，而且外婆管教甚為嚴格，令我十分沒有自信心。至於她的家庭則比較幸福了，她父母雙全，而且兄弟姐妹四人相處和諧，生活比較熱鬧，每天嘻嘻哈哈地過日子，這令我非常羡慕。

我們一直保持聯絡，直到進了大學才比較少了來往，偶然才會相見一回。後來大學畢業了，我在港工作了一年，去了美國，彼此見面的機會更少了。當時手機不流行，電話費更是昂貴，我們只好靠魚雁相通了，這樣過了好幾年。

有一天收到她的來信，她告訴我她已經結婚了。我很替她高興，我通知她我也和表哥共諧連理了。從此我們通訊的內容更多了，可是漸漸我從她信中的字裡行間隱約覺得她並不快樂，我問她卻不得要領，我因為關心她，只得再三向她追問，她才告訴我，她是不快樂的。我問她原因，她說跟婆婆相處不和，雖然她多方遷就婆婆，卻還是不能令她滿意，她只好跟朋友訴苦，當然包括我在內。她每次回娘家也告訴媽媽她自己婚後的生活並不快樂，雖然說什麼「好女兩頭瞞」，但她跟媽媽的感情太好了，她覺得應該告訴媽媽。

過了一陣接到她的來信，她告訴我一個更壞的消息，她心愛的丈夫染了嚴重的疾病，幾乎一命嗚呼。她原來不是很堅強的性格，到了這個時刻要接受考驗了，迫著她要站起來，擔起整個家庭的責任。要一個備受保護的幼女堅強起來是件挺困難的事，在家中她任何事都不需要擔心，如今無論什麼都得承擔，著實不是一件很容易的事。她每天除了上班，回家要買菜燒飯之外，還得照顧病中的丈夫，還受到婆婆的批評，無事找她岔子，真是心力交瘁，好不容易捱到周末，還要給整個房子大清潔一次。世事無常，她原來工作的單位突然解僱了她，真是「屋漏偏逢連夜雨」，她還得應付家中經濟問題，而她又不願向媽媽家要錢，因為娘家也不是有能力幫她的。

這種情況之下，她只好到處求職，可是香港那時找工作是件困難的事。但家中缺錢怎麼辦呢？還有丈夫的醫藥費也不便宜，她告訴自己，她不能在這時垮下去，她一定要有勇氣。天無絕人之路，在百般徬徨之際，以前欠她們家一筆錢的朋友還債來了，可是這不是一筆很大的數目，只能夠燃眉之急，並不是長遠之計，她一定要盡快找到工作的。她每天花上幾小時的時間讀報紙，遇到有招人啟事的廣告，她一定投申請信去，不計較什麼工作，她都願意去做，無論是傭人、補習老師，她都不計較。於是她有時為小學生補習，有時在富人家中當傭人，甚至電話接線生，還有許多雜七雜八的工作，她都做了。回到家中還要照料丈夫、聽婆婆責罵，忍氣吞聲，夜間回床睡覺的時候只好偷偷地哭泣，而且是細細的飲泣，生怕被丈夫知道，怕他擔心。

如此的生活匆匆又過了幾年，因為平日的壓力太大了，有一天她感到身體不舒服，去看了醫生，醫生診斷出她患了腦癌，已經到了晚期，她沒有把這消息告訴媽媽，怕她擔心，病中的丈夫更不敢說了。她依舊每天照常工作，過了一段很長的日子，她仍然活著，因為她沒有錢再看醫生及服藥，晚期的癌症是捱不了這麼久的，但她竟然沒有很快就死，這可說是個奇蹟，她自己也感到奇怪。後來她找到一份她本行的工作，可以負擔醫藥費了，才去見另一個醫生，結果診斷出她並沒有腦癌，這醫生告訴她，她遇到了一個庸醫，判症錯了，平白令她虛驚一場！後來我收到她的信告訴我這好消息，我當然也放心了，更為她高興。

這個故事給我一個很大的啟示，人的意志力十分重要，可以克服很多疾病，而最重要的是遇事鎮定，不要失去信心及愛心。在可兒來說，經過這些危機，把她堅強的意志力鍛鍊出來了，這才是筆最大的收穫。她現在生活很愜意，丈夫在她悉心照顧下也漸漸康復了，她的婆婆最後去世了，她和丈夫愉快地過他們的日子。

第四十回　俏佳人　鍾情東方人

「是蘇絲嗎？」「是的，你是以斯帖嗎？」「啊你這麼厲害！一下子就把我的聲音辨出來，我們足有十五年沒見面了，一直想找你的電話號碼，但沒人知道，直至今天從台灣來了伊娟兒，經間接的朋友處查出來了，便立刻給你打電話……」這通電話我們談了近一小時。

蘇絲是我在芝加哥時期結交的朋友，她是美國白種女子，卻嫁了一個中國人。打從她唸大學開始，就對中文產生興趣，每年的暑假都到美東的一所大學修讀中文課程，那兒的中文老師後來成了她的丈夫。

婚後她的丈夫到了芝加哥唸研究院，本來在東岸修業的她，也跟隨丈夫來了。我曾經問她為什麼不在東部寫論文，卻來到嚴寒的中西部？她說：「我現在是嫁雞隨雞呀！」她的思想也真的夠「中國化」，連一些中國人妻子都不一定做到的事，她卻心甘情願地做了。她告訴我，她對丈夫錦文十分傾心，認為他才氣縱橫：能作詩、作畫，更能彈得一手好結他。更何況兩人志趣相投，都喜愛中國文學；她學古典，他習現代，真是珠聯璧合，相得益彰。

蘇絲的父母家勢顯赫，祖居麻省，家中育有蘇絲及弟妹三人，都在東部常春藤聯盟大學唸書，自小父母培養她們愛己、愛人、愛藝術的性格。和蘇絲交友，她往往很自然地表達她對友人的關懷和熱愛。有一段日子，我們兩家人交往甚密，幾乎每星期都見面，在周末的晚上，她總為我們做一些糕點之類的甜品，她說：「文正現忙於寫論文，甜品可以給他靈感。」

我最後一次見蘇絲是文正（我當年的丈夫）論文答辯的那一天，我和她在試場外等文正，她手中拎了一枝酒紅色的玫瑰花，並繫上絲帶。她穿著整齊，薄施脂粉，笑意盈盈地站在門口。待到文正出來了，隨我之後給他一下擁抱和輕吻，輕輕地說著：「你通過了口試，我太為你高興了，可惜我現在就要離開這兒，今天晚上不能跟你們一道吃飯慶祝了。」當她說到「要離開這兒」時眼中含著淚。

其實在此之前的一個黃昏，她找我到附近的公園談天，她和我說了很多心裡話：「我想跟錦文離婚，我們在一起不再快樂了。多年來我盡力鼓勵他，但他太令我失望了。結婚這幾年，我自覺成長了很多，但他似乎跟以前一樣，沒一點兒進步。我受不了現時停滯不前的生活節奏，我熱愛生活，錦文卻可以每天混沌地過日子，猶如活在上個世紀的人，我跟他無話可說。」到現在我還記得她說話的神情。哎喲！如此溫柔婉約的甜美佳人，錦文竟然不知珍惜，令她悄然離他而去，本是才子佳人的絕配，竟至分手收場，真是可惜！

她離婚之前更令她傷心的是：父母乘坐小型飛機失蹤了，驚動警方在海島周圍打撈尋找都沒結果，最後只好假設他們是飛機失事墮海死亡。這事件對她影響很大，但她身為家中的長女，在尋找雙親的屍體期間，仍然需要沉穩而冷靜地應付過去。

俗語有云：「十年人事幾番新」，更何況是十五年呢！就我個人來說，已經歷了幾番病魔糾纏，我和文正返港後又分居了，差點送了性命。劫後餘生，上天厚待我，還賜我和李歐梵的一段良緣，我除了感恩之外，就想到舊時好友，他們是否依然活得美好？蘇絲十五年來活得好壞參半，一直在西北部的大學任教。她並不孤獨，有個同居男友，又是個華裔，看來她對中國人倒有所偏愛。但十多年的同居生活，並沒有把他們帶進教堂結婚，她有了一個女兒，女兒的存在令她感到生命更有意義。她每天接送女兒上下課，然後親自督促她功課，母女關係好得很，她說：「女兒是我的生活中心，我們親密如連體人，思想喜好都接近得如乳水交融。」

女兒是從自己身上長出來的一塊肉，融合了自己的感情和想法也是很自然的一回事。但她和男友卻是兩個獨立的個體，文化差異構成了相異的人生價值觀，也表現在不同的生活習性上。這種相異產生了矛盾，令致兩人生活過得不舒坦。人類都有懶惰的傾向，又可謂之因循惡習吧。十幾年來湊合地過日子，不開心也沒勇氣要改變現狀，一旦有外力迫來需要改變了，她便提出分手的事。她回憶起分手前的一段日子，她感慨地說：「冰封三尺，非一日之寒，一直以來我們都感到有不妥橫在我倆中間，只是誰也不願先提出分手的事。兩年前事情終於有了變動，我們都轉換工作地點，所以要遷居；賣房子、買房子，走到這一步，我忽然有了勇氣，向他要求分手，這就是所謂『一不做，二不休』的做法。現在我們都搬到同一個地方做事，卻分開房子住，孩子平日跟我，每隔一輪周末到她爸爸家裡住兩天。我們分居的初期，孩子很不開心，現在也適應過來了。所以我們分手的決定是對的，我感受到前所未有的快樂，也發現了自己的能力是可以很強的：我可以養女兒、找房子安置自己，更能順利地適應新環境。如今自由自在的感覺，已經很多年沒有嚐過了。現在我可以隨意而為，不再需要顧及伴侶的意願，這是一種多麼舒服的感受啊！沒有男人的生活也可以過得很好，這是我經歷了二十多年之後的驗證。」

我們越談越投契，彷彿回到十五年前的感覺，我問她說：「蘇絲，你以後還打算結婚嗎？」她答：「我沒有從此就不結婚的決定，如果遇上知心的男人，我當然希望再嫁人。我採取的態度是不急於找男伴，反正我現在活得很好嘛！」

她的說法我亦十分同意，女人不是必須結婚的，尤其現代的婦女，都具備養活自己的能力，結婚只是在感情上找個伴而已。如果一不小心找錯了人，那是最痛苦的事了。正如蘇絲所說：「過去二十多年，我一直跟不合適的男人一塊兒生活，那是多麼辛苦的事啊！」

第四十一回　強哉嬌　獨步人生路

一九九四年的夏天，我的抑鬱症稍為穩定下來，開始有點心情約見我的保險客戶。第一次遇見趙先生是在他工作的公司裡，他剛從台北調到香港，人地生疏，加以公司人事複雜，工作壓力又大，他感到不開心。我能用普通話跟他交談，又給他一些鼓勵的話語，所以他十分信任我，他說以後要我認識他的妻子。

過了一陣，他果然來了電話，約我吃飯見面，並帶來他的妻子。她看來十分開朗，她說來了香港之後，就做過全職家庭主婦，閒時學學廣東話，跟附近鄰居的其他太太吃茶上街，生活過得十分寫意；既可以相夫教子，又可以有自己的社交生活，她不介意一直過著如此美好的日子。飯吃過了，我們又約定了下次見面的時間，下次我們將會談生意，趙先生和趙太太都要為對方買一份人壽保險，是彼此關心的表現。

又過了幾個月，有天我到趙先生的公司探訪；那兒有好幾個客戶，都是早在趙先生前面買了保險。我離開之前，趙太太忽然到了那兒，帶了一個大蛋糕來給丈夫慶祝生日，也請了他公司的同事一起慶祝。在眾多同事面前，趙先生切蛋糕，更徇眾人的要求下，甜蜜地親了妻子一下。當時氣氛十分溫馨，我以為幸福的婚姻就該如此。

兩年半之後趙先生的公司擴展到珠海，大部分同事都被調到那裡上班，周末才回到香港的家，趙先生也不能倖免。趙太太對於丈夫外調工作，當然不很快樂，但時間過久了，也就習慣下來。有時我跟她在電話裡聊天，問過她的感受，她說：「都老夫老妻了，況且每星期相聚兩天，也可以說是小別勝新婚，以前每天見面，反而時常鬥嘴；現在見面的時間少了，大家都比較知道珍惜，不會動不動就爭吵了，我們的感情更親密了。」

如是者又過了兩年，期間我們幾乎沒有機會見面，直到有一天忽然接到趙先生從珠海打來的電話，他要我為他的保險單辦理更改受益人手續——受益人改為兩位兒子。這一舉動有點兒太突兀，這是他的私事，我當然不應問任何問題就依樣畫葫蘆了。奇怪的事跟著又發生了，趙太太又來了電話，她要求與我見面。我如約到了咖啡店，進了門口，在不遠處的桌子前，有位模樣似趙太太的女人向我揮手，我略帶遲疑的心情走上前，然後仔細地看她一回。咦！她果真就是約了我的人，才沒見兩年嘛，怎麼就走了樣兒？印象中的趙太太是圓滾滾的粉白臉兒，一雙細長的精靈眼睛，現在臉形變得尖削，倒顯得眼珠大了，卻不帶一點神采。我錯愕地望著她，不知該跟她說些什麼，彼此沉默了半晌，她乾咳了兩聲，然後休休地說：「我多年前買的那份保險單，麻煩你替我取消了，我再沒有錢可以供下去了。」我立刻點頭應允，當下想問問她的情況，先偷眼瞄了她一下，看來她不想跟我說些什麼的，那溜到唇邊的問題，只好硬生生地吞下去了。這次見面就成了專心為公事而來的。

有一次趙先生香港公司的同事，要我到她公司一趟，她有保險的事宜要問我。這人是公司的資深秘書，跟趙太太也很熟稔，前次趙太太買蛋糕來給丈夫慶生，也得到這位秘書小姐的安排。我和她談妥公事後，順便就談到趙先生夫婦倆的近況。她忿忿不平地告訴我：「趙先生這人看來老實，妻子待他好，卻沒想到人一下子就改變了，竟然在珠海戀上了從上海來的一位女同事，三個月就打得火熱，現在她懷了身孕，鬧著要跟趙先生結婚，他也是色迷心竅，回香港要求妻子離婚。趙太太初時還不知情，他周末不回家，以為他公司忙，後來越來越不對勁了，家用也寄得少了，他才和她攤牌，承認有了外遇，並答應仍會負責兒子的教育費及生活費；至於趙太太的用度，她願意自己找。你說這男人多沒良心！趙太太結婚後幾乎沒有在外頭做過事。香港地方人浮於事，一個外地來的中年女人，要找一份差事，是談何容易！趙太太天性純良，不在人前說丈夫的壞話，我們同事都為她抱不平哩，現在也不是說他們閒話，只是不平則鳴而已。」

哦！原來真相是如此的戲劇化，難怪趙太太人都瘦了一圈，誰個女人遇上這種事情可以消受得了呢？記得多年前的她，是何等的志得意滿，她曾說：「女人最重要的事就是把兒子教好、把丈夫管好、把自己養好，如果都做到了，我認為她就是一個成功的女人。」大概她發現自己已不是個成功的女人了吧！兒子教好了，但丈夫長年在外，欲管無從管得了，養好自己除了飽肚之外，還要所謂的保養——保養好則要有好的心情，現在她既要找工作養活自己，又要調整自己的心境，都是不容易做到的。

大約一年後，她自動找我見面，我約她到我獨居的屋子裡吃晚飯。我們開了一瓶紅酒，閒閒地說著心裡話，兩顆寂寞的心互相碰在一起，特別容易生出淡淡的溫情，那時我悄悄地問了一個藏在心中已久的問題：「淑媛，你是台灣人，為什麼不回去那兒，親人朋友都等著你回去吧？何苦要留在這兒呢！」她答：「我這次婚姻失敗了，爸媽對真實情況都不甚了了，更何況朋友呢？所謂『錦上添花易，雪中送炭難』，我才不要回老家丟人現眼呢，如今兩個兒子都去了澳洲唸大學，我算是樂得一身輕鬆，自己養活自己看來不成問題了，才有餘閒心情保養好自己。目下孤獨一人的生活，何嘗不是一種享受呢？」她說得對，單獨生活確實有其優點；婚姻生活表面看來不寂寞，但雙方都犧牲了某種程度上的自由。況且人皆而寂寞，並不是單憑一段婚姻就可以不寂寞，寂寞是從內心深處發出來的，猶如恐懼感之於個人，親如配偶也無法為之分擔，寂寞是與生俱來的。我們大概把孤單和寂寞混為一談了，有了好伴侶孤單感就沒有了，寂寞感卻還是有的；怨偶帶來了更多孤單以外的負面情緒，反而不及一個人獨自生活來得輕鬆自在。淑媛慧質蘭心，經過了一場感情浩劫後，領悟到獨立自主的好處，做到自愛自珍才是個成功的女人。

對於淑媛丈夫變心的事，我倒有一些看法。從他公司的秘書口中知道，淑媛平日對丈夫管束甚嚴，尤其金錢方面，限制他的用度，她認為丈夫沒錢就無法作怪了。要知道約束力越大，反抗力就越強。男人要賺外快，是永遠有辦法的，有了私房錢，遇上對他溫柔的女人，他就心甘情願地花在她身上，那是一種心理的補償作用。

第四十二回　經百折　倩女自修行

多年來從我丈夫口中知道你這個人，是他以前的學生，而且是較為相知的。我一直很想見你，卻沒有機緣遇上。直至今年我從香港返美，中途在西岸停留了幾天，我們才得見面。那天夜裡，你來到另一位朋友家吃晚飯，我們是那位朋友的主客，如此就碰頭了。大概你對我這個新師母很好奇，所以我們進門的一刻，你已迫不急待地等在門口，還未經介紹，我們四目交投，彷彿就在這短短的剎那間，我們已是心有靈犀一點通了。

暗通的靈犀是什麼呢？就是我倆有著相似的過去：我們的年輕時代都花在陪伴丈夫讀研究院，也是結婚兩次。所以你看了我的《細味人生》後，特別來了電話，要跟我傾談過去的經歷，甚至帶我們回到當年你伴讀的大學裡，追溯過去的足跡。你邊走邊說著往事，偌大的校園走完了一圈，對你的了解也加深了不少。

在校園的咖啡室一隅，你說在那兒曾經度過無數個無聊的下午。那時你的丈夫不准許你進研究院讀書，也不讓你工作，他的理由是：他的媽媽婚後既沒讀書也沒工作，幾十年來都安分守己做個好主婦，而且跟爸爸的相處十分和諧。你猜想是他怕你學識高了，他無法操縱你，他常說讓妻子賺錢的丈夫，會叫別人看不起，說到底他就是個傳統的大男人主義者。

女人的天性都是想當母親的。你曾向丈夫表示想生孩子，他卻不答應。他有一套大道理把你說服，道理是似是而非的：他唸的是生物化學系，對於遺傳學自以為是瞭如指掌，他知道的越多，顧忌的事情也越多，他怕後代會得到了他家庭中人某些不良的基因，所以他決定不要養孩子，你無法把他辯倒，就只好屈服了。沒有工作、沒有孩子、沒有進學校讀書的生活，不是很感沉悶的嗎？

你父母多次來信催生兒女，只得向他們解釋不要孩子的原因，他們總是不明白，什麼是遺傳基因的問題？多年之後，他們也就放棄了。你身邊的朋友，多半都有了子女，內心的強烈母性慾望只好化作照顧丈夫的能量，你真能做到十分周到的妻子，別人都誇讚你，但你卻一點也不快樂。

幾年之後，你實在按捺不住了，申請入讀研究院，幸運地被取錄了。從此你在文學研究的範圍裡得到滿足，這是你多年以來的心願。丈夫對於你的學業當然不表示支持，等到他取得博士學位之時，他決定返回他的故鄉台灣去了。結果你選擇了留在美國讀書，結束了跟他的婚姻關係。

那時的你，理應感到前所未有的自由自在，可是離了婚，你似乎喪失了自我認同的身份，你忽然感到無所適從，以為自己做得最好的還是某人的妻子。當時你身邊有追求你的人，但你沒有仔細的、理智的考慮，快速地再陷入另一段婚姻裡。

你的第二任丈夫是個好人，具藝術家的氣質，跟你的性格似乎較為相近，但人和人相處是一門很高深的學問，有時兩人太近似反而失去平衡。加上你已經不再是從前的你：對學術有了追求，對自身也有了更多的認識，再不願意委屈自己去遷就別人了。幾年的婚姻生活，為工作的緣故，絕大部分的時間夫婦都分隔兩地而居。這樣的婚姻，就是名存實亡，到最後難免分手了。

十年不到，經歷了兩段婚姻，對你的影響不可謂不大。偏偏你又是個嬌俏動人、性情溫柔婉順、我見猶憐的可人兒，喜歡你的不乏其人，你若要堅持自主獨立，不是一件易事。縱使那時的你是心如止水，卻也經不起異性對你的體貼入微，脆弱的情感又再次叫你折服，旋即捲入別人的婚姻家庭漩渦中，這都不是你預先可以見到的，當事情洶湧而至，你顯得煩躁極了。

煩躁造成失眠，沒胃口進食，還有其他的身體不適，經好友引導，你學會了靜坐，而且每天恆定地實行著。為了達到更佳的效果，你選擇了素食，讓腸胃更加潔淨，做個十足的修行者。日子久了，你也脫胎換骨地變了，從前的執著放鬆了，變得心境恬靜自得，你不再介懷別人對你的評價，凡事都依著自己的喜好去做，換句話說，你現在才知道自己要的是什麼；你沒有焦慮，也不彷徨，有的是自信心。

自信心充足的人是看來快樂的。難怪多年沒見你的老師——歐梵也察覺得到你是有點不一樣，我是首次見你，你給我的印象是個閒適恬淡的女人，但歐梵說：「她以前比較沒有自信心，對感情的事總是拿不定主意，沒隔多久就來向我諮詢意見，這時看來成熟穩重多了。」

那天我問了你一個問題：你會跟男友結婚嗎？你回答我說：「我覺得自己已過了結婚的限額，大概不會再婚了，我現時感到很快樂。」最後的一句話是我們最樂意聽到的，每個人都有去找尋快樂的權利，或許有一天你會再結婚，這表示你已經說服了自己，結婚是沒有限額的，正如快樂也是沒有定量的。

第四十三回　小孤雛　女兒當自強

小時候，我很喜歡看電影，看的大部分是粵語片子，其中的電影故事題材多改編自三十年代小說家的作品，大都是家庭、社會倫理大悲劇，看得我眼淚流個不停，沒想到現實生活裡也讓我遇上了這類的悲劇角色。

小虹是我的一位忘年好友，她今年還不到三十歲，但我們卻可以談得很投契，認識了不到一年，她就把她坎坷的身世告訴我，以下是她的故事：「我父母是上海人，『文化大革命』之後偷渡來港，他們是知識青年，在內地時沒當上紅衛兵，算是個異數，後來更投奔來到資本主義的香港，大概他們有著獨特的想法。到港不及兩個月就結婚了，因為他們有了我，被迫『奉子成婚』。亂世婚姻也很容易出亂子，他們因為是偷走出來的，不可以光明正大地出外找工作，靠著親戚的蔭庇，勉強湊合著過生活。

我爸爸的媽媽，就是我的奶奶，早在六十年代末來了香港，和她娘家的親人合住在一起。媽媽生了我之後，身體一直不好，奶奶說是因為懷孕初期，胎氣受了潮，著了風寒所致，這是他們爭取自由所付出的代價。媽媽身子不好，性情顯得特別煩躁，爸爸偏偏也是個急性子，套用香港人的俗語是：『火星撞地球』，後來可想而知了。

我兩歲的時候，爸爸媽媽就離了婚。其實離婚只是名義上的說法，當初結婚也沒有辦理法律手續，因為他們那時都是非法居民，後來取得合法身份是幾年之後的事。

媽媽走了，沒有把我帶在身邊，我就留在奶奶家中寄住。奶奶的家住了滿屋子的人，都是奶奶的姪子、姪媳婦、姪孫子等等。早上大人們都上班去了，剩幾個小孩子在家，有的早晨到中午上學，有的中午到黃昏上學，家裡總有人輪流看管著我。其實他們的年紀都不超過十來歲，但他們似乎都已經十分懂事了。

奶奶雖然已經不年輕了，為了生活仍然要工作。她在富有人家當幫傭，那時候菲律賓女傭還不多，那些有錢人都喜歡僱用本地人替他們做家務。奶奶很幸運，能找到一份薪高而相對清閒的工作，她主人家人口簡單，夫婦兩人和一個女兒。除了奶奶之外還有另外兩個傭人，三個傭人服侍三個主人，工作自然不繁重了。

多年之後，我跟這家人扯上了關係，對於我後來的成長影響很大，事情的發生十分有戲劇性。我六歲那年，爸爸又結婚了，這次是合法的，他已經取得合法居留身份。新媽媽是香港人，她父親有點錢，只有她一個女兒，爸爸娶了她，無異是發了一筆小財。爸爸隱瞞著曾經結婚的事實，我當然成了見不得光的野女孩了。爸爸婚前跟奶奶交代說：『這女兒我是不要了，如果日後有人願意收養她，那就最好不過。』奶奶聽了爸爸的話，十分生氣，認為他太不負責任了，後來她對我說：『小虹，你爸爸把你當成一隻蛋，隨便生了下來，不要時就把牠吞下肚去了。』我們婆孫倆後來把這段話當了笑話，我從此得了『蛋兒』這個小名。

我十歲那年，奶奶年紀老邁了，她打算辭工不幹。她的主人向來待她很好，也清楚她的境況，知道奶奶要照顧我這個『蛋兒』。在過去的幾年裡，她家主人與我有數面之緣，他們夫婦也非常喜歡我。那時他倆的女兒已去了外國唸大學，偌大的一幢房子，不免感到冷清，女主人有一天忽然對奶奶說：『你既然要辭工不做，我們也沒法強留，你的小孫女才十歲，你以後若然死了，她怎麼辦呢？如果你願意的話，不如把她交給我們，由我們來養她，未知你可否願意？』

就這樣，我從此成了他們的養女，住進了豪華府第，豐衣足食，每天上學都有車接送，儼如成了千金小姐。養父母對我十分寵愛，我幾乎忘記自己不是他們所生的。他們並沒有為我取新名字，很少叫小虹，大都是蛋兒、蛋兒的順口喊著，沒想到『蛋兒』沒被爸爸吃下去，如今卻變了養父母心中的黃金蛋兒，養母曾對我說：『蛋兒啊！你真是個乖巧的女孩，你來了之後，我們都很快樂，你為家中帶來燦爛的陽光，你真是一隻燦亮的金蛋兒。』

有一天我站在校門口，等司機來接我回家，路旁閃出一個男人，他上前和我說：『潔玲（小虹），我是你的爸爸，我很久沒見你了，我很想念你，喊我一聲爸爸好嗎？』我嚇壞了，爸爸這名稱對我來說是陌生的，我只知道他不要養我，喊他爸爸？我當然說不。那天之後的一個星期裡，每天都在同一時間和同一地點見到他。後來我忍不住跟養母說明這件事，她第二天隨著汽車來接我放學，而且故意早到了五分鐘。我的生父養母碰頭了，他沒有領我回家，只是從養母手中取到一筆錢。這些款項就換去了他的親生骨肉，真是個無恥的爸爸。養母給他錢，不是要買我的意思，只是怕他滋擾我而已。

這麼幸福的生活，我以為可以一直過下去，可是『人算不如天算』，養母在我十六歲的時候，突然染了重病，還不到四個月，就與世長辭了。她的女兒帶了丈夫和孩子回家奔喪，臨走前，提議她父親移居外國，跟他們一塊兒生活，免得他寂寞終老。這建議被養父接受了，一年之後，他賣了房子，結束了所有生意，遷到女兒的住處去。

臨走前，他跟我說：『你是我們的養女，卻沒有辦理任何法律手續，故此，我無法給你辦理移民手續，待你中學畢業後，我再申請你來唸大學，好嗎？』我能說不好嗎？我固然很想跟他走，但現在沒有身份證明，也只好等待了。

養父留了一些生活費給我，我只好再次回到奶奶的家，作暫時寄居的打算。我實在想念養父，每星期寫信給他，他也回信給我。一年之後，我如常地寄信，但收到回信的次數卻越來越稀疏了。到了我中學畢業之前的半年裡，只收到他兩封信，信中也絕口不提替我申請入大學的事。我追問之下，他才回了封信，說：『蛋兒，我對不起你，不能履行我許下的諾言。現在我搬到女兒家裡住，財產早都給了她，身邊沒剩下幾個錢，想供你唸大學也不成了。你也快中學畢業了，學業成績也很優秀，留在香港考大學也不難吧！這兒有一筆小錢，你留作唸大學之用吧，不夠的話，可以申請助學金。』

我留學的夢，一下子就破了。古語有云：『福無雙至，禍不單行』，奶奶在我畢業之後一個月也過世了。辦過她的後事，我驟然間感到前路茫茫，這世上連一個親人都沒了，我往後的日子該怎樣過呢？我每天除了哭之外，就跑到公共圖書館裡，借出了一大批小說，躺在床上看書，一天讀十小時。如是者過了兩個月，要看的書都讀得七七八八了，我的情緒也在不知不覺中平伏下來，對於前途，開始有了想法。那時已過了入學時間，我決定先找一份工作，然後等待下年度再入學唸大學預科班。立下目標後，我搬離了奶奶的家，遷到外頭過著真正獨立的生活。

養父寄給我的教育費，連同我的儲蓄，使我順利地完成了大學課程。對於養父母曾經付出的愛心，我是終生不會忘懷的，奶奶待我的恩情更不在話下了。而生我的媽媽，不知是否仍在人世？我倒希望她仍然活著，而且是活得好好的。我那個壞爸爸竟然跟我聯絡上了，但我似乎已經忘記了他曾是我的親爸爸，就把他當作朋友看待吧。」

小虹的故事，真的像極了六十年代的粵語電影，我聽著眼淚都禁不住流下來，就如同我在看著電影一般。她見我哭了，拿出一張紙巾給我拭淚，並微笑地對我說：「好了，不要哭了，我的故事還未說完哩！你知道我有了一個男朋友，下個月就結婚了，到時你一定要來吃我們的喜酒。我是苦盡甘來呀！你笑笑吧，不要再為我難過了。」

蛋兒的奶奶當富有人家的幫傭，這種傭人早在四十至六十年代的香港十分流行。她們大都是從廣東省順德縣出來的女人，很多是自梳女——把頭髮梳成辮子，終生不結婚，往往在一戶主人家中幹活幾十年，看著戶主的少爺、小姐一一長大了，自己才退休終老。那時候她們一般被稱為嫲姐，頭髮都是梳得油亮的一條大辮子，上衣白色的大襟衫，下穿黑色長褲，一身衣服都熨得畢直。一副雅淡的臉容裝扮，很受別人的尊重。這些女人她們年輕時就立志不結婚，賺到錢都寄回家照顧父母兄弟姐妹，其犧牲精神實在令人欽佩。

第四十四回　傷心婦　喪子又病母

在一個月黑風高的晚上，我走訪友人，在街上有一位中年婦女向我討錢，我隨意從口袋中掏出一些錢給她，她千恩萬謝地向我跪在地上叩頭，我即時感到非常難受，就這一點錢，竟然令她作出如此強烈反應。我當時慚愧莫名，覺得應該多給她一些錢，我那時似乎太不在意了，往後我在街上遇上她時總會多給她一點，但每回她總是如常的反應，有一回我給她錢的時候，禁不住問她，為什麼她這麼看重這些微薄的佈施，於是她告訴我她自己的一段可憐遭遇。

話說她曾是兩個孩子的媽媽，那時除了持理家務，還在上班，孩子上學、丈夫工作，日子也頗稱心。萬料不到，大兒子在坐公共汽車上學校的時候，汽車失事了，兒子整個被拋出車外，受了重傷，被送進到醫院，當時也有不少的乘客受傷。兒子的雙腿斷了，以後他上學只得以輪椅代步，她每天上班之時，先把兒子推送到學校門口，有時因為要照顧兒子而誤了上班的時間，被老闆警告，她的苦衷沒有告訴上司，她默默地承受了，所謂「福無雙至今朝至，禍不單行昨夜行」。在她如斯困難的境況，更接到爸爸的電話，說媽媽在前一天的晚上因為中風送院了。她向來是個非常孝順的女兒，照顧好兒女丈夫的晚飯後，急忙趕到醫院探望媽媽，醫生告訴她，媽媽心臟好幾條血管梗塞了，需要住在醫院多時。那是一家私營醫院，醫藥費十分高昂，因為她是父母的獨生女兒，也是雙親唯一可依靠的人，況且爸爸也是個長期病患者，平日家庭的生計僅足支付。沒有多餘的錢，應付額外開銷，在無計可施之下，她只好向借貸公司借款。一般來說貸款公司利息非常高，但在「事急馬行田」的情況下，她只好見步行步先解決燃眉之急。可奈丈夫家人也是無餘錢可以幫忙的，她只有走這條路了。她除了日間的工作外，只好夜間晚飯後到外間的夜校教書，補貼家計，如此晝夜不停工作，令她心力交瘁，她自己也生病了，幸好只是普通感冒，不大礙事，她帶病上班。可是人不是鐵鑄造的，有天早上起床她感覺情緒有點不起勁，平日勤快的她，竟然不願起床。她硬撐著起床，照常帶兒子上學。這樣的做法卻沒有得到丈夫的支持，原來丈夫不同意她對父母千般的照顧，分薄了對自己家庭的愛心。是這樣嗎？她時常反復自問，絕對不是這樣的。丈夫終日囉嗦不已，她想離家出走，但她對於殘廢的兒子捨棄不下，於是她只好啞忍，每天依舊帶著惡劣的心情工作。她知道兒子沒有她無法照顧自己，想到這裡她心如刀割，還有那臥病在床的媽媽，她只能咬緊牙關熬下去。有一天她記起自己的大學同學中，有一個是精神科醫生，她立即去找他，在藥物治療之下，她的情緒有了好轉。然而由來好事多磨，她的媽媽不久就病逝了，她的抑鬱症又一次發作了，她又去見她的心理醫生了。

有一天她回到家，大兒子自殺死了，她問蒼天為什麼，悲劇突然在一段很短的時間裡發生，使她受盡苦楚？她猜兒子可能忍受不了殘疾的折磨，加上小孩子本不知死亡究竟是怎麼一回事，新一代意志薄弱，經不起磨練，在近日的香港報紙上經常看見有年輕人自殺的消息，他們這一代人沒有吃過苦頭，以為死亡是解決問題的唯一方法，他沒想到這樣做會傷透父母的心。她每日肝腸寸斷地哭泣，千呼萬喚希望兒子魂兮歸來，可惜喚盡千聲也無法。在絕望之餘，她想過跟隨兒子一起到黃泉，可是想到自己的責任未了，她只好活下去。她知道困難的日子仍在後頭，丈夫的不支持她可以不理，另外一個小兒子還是很年幼，需要她照顧，依然壓力沉重的。何況她還有一個患病的爸爸，擔子仍然很重。

在無計可施下，她再次去找心理醫生朋友，他介紹她去社會福利署作義工，和那些曾經與自己有類似經歷的人相處，學到慰己慰人的方法，把自己從困境中解救出來，至少對兒子自殺而帶來的罪咎，有點舒緩的作用。在她身邊的小兒子，非常聰明而又用功唸書，在她的愛心下成長，結果在大學裡完成了法律學位，後來成為了律師。她生活過得十分稱心滿意，早已離開那不支持她的丈夫，尋求獨立更生的日子了。

我自從見過她兩面後，每次外出，總希望再次看見那位中年婦女，可以給她一點錢，可是，我再也沒有在路上遇見她了。我平素也喜歡在社會福利署當義工，有一天竟然在那兒遇上她，我驚訝之餘，問她為什麼搖身一變竟然做了輔導員，她告訴我她本來就是個有正當職業的婦女，只是因為自己的兒子因殘廢而自殺，自己受盡折磨而得了抑鬱症，後經醫生證明她患的是精神分裂症，不自覺地跑到街上行乞而遇見了我這個好心人。我聽後覺得她的故事十分有傳奇性，於是把它記錄下來，與讀者分享。

第四十五回　患難婦　奮力得相扶

多年前有一天我參加友人兒子的喪禮，事後在吃解慰酒的席上，我和坐在旁邊的一位女士談得特別投契，一頓飯下來，我們彼此交換了姓名及電話號碼。分手時她一直要我一定要跟她聯絡，她似乎很需要一位跟她談得來的朋友傾吐心事，當時我感到奇怪，為什麼她只和我談了一席話，就如此信任我，希望我去找她呢？幸而我也是一個非常喜歡交朋友的人，當然求之不得，自此我們時常聚在一起午茗傾偈，談的話題逐漸越來越多，彼此的了解才逐漸更深了，關係十分密切，後來我知道為什麼她如此需要朋友，為的是她有段動人的往事急於找人傾訴。

話說她二十三歲那年結婚，婚後生活愉快，郎情妾意，羨煞不少旁人。花前月下，常常見到他們攜手同遊的身影，一年多以後，她誕下麟兒，他長得可愛非常，令他們原來愉快的婚姻生活更加添了不少樂趣。快樂的時光過得特別快，到夫婦兩人中年之時，兒子就讀中學，感受到沉重的功課壓力，那時香港的教育方式是填鴨式的，考試成績不夠高，或會考成績不夠理想時，就無法進入大學。望子成龍的心理是為人父母的普遍要求，其實夫婦兩人從來沒有給予兒子任何壓力，只要他盡了力就滿意了。無奈兒子生性敏感，自我要求很高，在他高中二年級，才十六歲那年，因為覺得成績不夠理想，有一天的下午一人在家的時候，他早預備了一個大膠袋，以膠袋蓋著頭，活生生地把自己焗死了。夫婦回家才發現兒子已經斷了氣，呼天搶地大哭了一場，最後傷心地把兒子埋葬了。原來夫婦倆感情十分恩愛，經此變故之後，丈夫性情大變，成了一個苛刻的男人，一言不合即把她臭罵一頓，她知道丈夫心念失去的兒子，只好啞忍受著他的虐待而不發一言半語，其實她自己何嘗不傷心？許多個無眠的夜裡，她暗自垂淚到天明，她的悲痛，只有日月可鑒。丈夫態度不單沒有改善，反而變本加厲，甚至出手打她。有一次她被打傷了，自己忍痛到醫院醫治，丈夫當然沒有與她同去，她去醫院之前還指著她破口大罵；到了醫院，醫生發現她的牙齒脫了兩隻，一隻手臂也脫臼，問她為什麼會這樣，她說是自己在地上跌倒了，頭著了地，把牙齒也弄脫了，手臂著地，用力過猛才會這樣，敷了藥悄悄地回家了。每次看到鄰居問起情況她總是支吾以對，不願意損害丈夫的名聲，她雖然用心良苦，但丈夫的態度依然沒有絲毫改善。她每天下廚給他燒菜，她知道丈夫向來喜歡吃苦瓜牛肉，為了讓他心情好轉，她特別準備了這道菜，誰知丈夫看見了，還沒有下嚥之前已經大聲叱喝她道：「難道我的兒子歿了，還不夠苦嗎？」經此大罵的同時，她心想苦的豈止你一個，難道我不傷心嗎？原來從未在外工作的她，以前把全副心力都放在家庭照顧兒子及丈夫，而丈夫的收入也足以支付全家人的生活，她從來沒有想過需要出外工作。到了這時，她不想每天呆在家中和他爭吵不休，故此她決定找一份工作。在多次努力之下，因為她缺乏工作經驗，也只能替一家人當女傭。那家人口簡單，只有夫婦兩人及一個十歲的男孩，見了這男孩，她想起自己逝去的兒子，於是費盡心力地照顧這孩子，把他當作自己的兒子看待，從中得到不少安慰。晚上回到家，雖然丈夫對她仍舊千般責罵，她感到好受多了，因為日間得來的安慰，補償了一些她的喪子之痛。

不料有一天她在主人家中教導男孩功課的時候，男主人突然返家，在她背後擁抱著她和強吻她，她在驚慌之下衝到街上，從此再也不敢回到那家了。沒了這份工作，卻又不想晚上受丈夫的閒氣，她選擇離開那沒有一點溫暖的環境，追求自力更生的生活。這次她到一家瑞典人的家裡當女傭，一般的外國人比較尊重傭人，她在那兒工作被看成家中的成員，不單薪金優厚，而且男女主人每星期給她兩天的休假，在此期間他們告訴她，他們曾經有一個九歲大的女兒，在一次車禍中不幸喪生了，初時他們夫婦兩人也是十分悲傷，後來找到一位家庭顧問心理醫生，把他們從喪女之痛的憂鬱中拉了出來。她聽後重新回到丈夫身邊，建議丈夫和她一起去見心理醫生，經過醫生的治療，夫妻才從悲傷的心情中走出來，並且決定到社會福利署當義工，把他們的經歷告訴那些也喪失兒女的父母，教導他們如何克服悲痛的情緒。一年之後他們收養了一個孤兒，把他當作親生兒子看待。

原來這個故事開始時我參加友人兒子的喪禮，這個孩子患病死去的時候也才十七歲，後來他們夫婦也是經過努力才從極度的傷痛中走出來。

【歐梵補記：子玉的這篇故事很短，似乎沒有寫完，我再三追問她故事是否真實，她說是的，但不願多寫，可能是為了避免無意間傷害友人的私隱。我讀後特別同情，恰是因為我們夫婦沒有孩子。我有一位同事兼好友也是中年喪子，痛不欲生，好在夫婦感情甚篤，多年來互相扶持，但依然忘不了死去的兒子，每年到他墳前祭奠，並且寫了多首詩表達懷念之情，我讀後極為感動。這位友人專攻哲學，不禁令我想到中國儒家講求孝道，然而只談兒子對父母之孝，而不談父母如何面對喪子之痛。這可能是因為儒家只談生不談死的緣故吧。】

第四十六回　賢中醫　力撐半邊天

李家的大媳婦生孩子，理應是件大喜事，兒子甫出娘胎，家人圍著孩子看，李大哥看了一陣，開始覺得嬰兒樣子不大對勁，於是大聲呼叫起來說：「哎喲！你怎麼搞的？給我生下這樣的一個兒子來？」李女士被丈夫的質問嚇呆了。她仍然處於生產後的疲累中，剛才護士把嬰兒抱給她看，因疲倦而瞇成一線的眼睛，看見兒子的頭是比一般的嬰兒大，眼睛也是鼓鼓的，但母性的愛充塞了她的心靈，再不好看，也都是從自身的體內破腹而出的，她沒有感到任何不妥之處。經不起丈夫的大呼小叫，她睜開眼睛仔細端詳躺在自己臂彎的小人兒。這孩子膚色真的比較黑，是一種油亮的黝黑，前額突出而且窄長，眼球凸現卻缺乏神采，嘴唇稍厚，哭起來的聲音沙啞而乏力氣。她看著，看著，眼淚禁不住流了一臉。

過了一天，經主治醫生證實，這嬰兒是患有先天性的心漏症，兼且有輕度弱智的傾向，患此類病的孩子先天智力較之一般小孩低，無論是學習語言，還是跟人溝通都有困難。

更令李女士傷心的是醫生的一句話：「這孩子還患有先天性的心漏症，看來壽命不會長於半年。」就是這麼一句話，令她往後的幾個晚上都無法入睡。她反復思量這可怕的判詞：「我這苦命的兒子，真的只來世間走上短短的半年？為什麼上帝賜我這兒子，他的生命又要是如此的短促呢？」她就是這樣，每天問著這些問題，都無法找到答案。

丈夫一家得到醫生的證實後，再也沒有來看她們母子一眼。她在醫院住了漫長的一周，終於回到家裡來。那夜丈夫囁囁地跟她說：「我媽媽要我跟你說，這孩子是個『瘟神』，留不得在家。我們李家沒有做過任何壞事，為什麼要有一個這麼失體面的兒子。我勸你把他交給社會福利署，讓他們處理好了，反正他也活不長，對嗎？」她邊聽邊哭，她的眼淚大半是為兒子而流，她想：「兒子沒有選擇地被送到這世界來，他並不是什麼瘟神，而是個活生生的人。我是他母親，有責任照顧他，讓他有生之年都好好地活著。」她對丈夫的一席話，反應是連連的搖頭，最後用力地憋出一番話：「不！我要保住他，我要治好他，你們可以不要他，但我是他的媽媽，我絕對不能放棄他！」丈夫被她這番話震住了，平日的她溫柔婉順，對待家人都克盡婦道，沒有一個人說這大嫂子不夠好的。沒想到在孩子這件事上，她表現得如此強硬。他知道沒法可以說服她放棄兒子，而自己又受到來自父母的壓力，況且自己也真不想要這丟人現眼的孩子，於是選了一個萬里無雲的大晴天，離開了妻子及兒子。他以為對這個家已沒有一絲的留戀，想不到幾年之後回來，一切都變得稱心如意，但妻子對他的態度，已非昔日可比了。

丈夫離家後，她要治好兒子的病的決心更熾烈了。她自己就是個執業中醫師，每天依時替兒子按摩經脈，疏通穴道，更以食療調理他的痼疾。如此日復一日、月復一月，堅持不懈地按著摩著，半年之後，那沉疴病染的兒子病情漸有起色，黑黝黝的臉容竟現出光彩，原來呆滯不動的小人兒，一時間舞蹈起細長的四肢，還不時發出嗚嗚的喊聲。她樂透了，知道兒子的身體慢慢變得強壯起來，大概生存下去的機會是大大增加了。她仍然日復一日地調理兒子的身體，直至今天，孩子已經五歲了，活得還是好好的，比之一般孩子沒多大不同，只是智力稍低而已。

這孩子是她的命根，她每天除了工作，回家不管有多晚，一定花時間跟他玩耍一會兒，年中也抽空帶他到外地旅行。她告訴我：「我是個易滿足的女人，有了這個兒子，是我一生中的幸福，跟他相依地生活，就很好了！至於將來會怎樣，一切交托給神，我就感到安全了。」

第四十七回　當今世　家業兩難全

打從第一次在馬里蘭州的飯店見到你開始，我就很喜歡你。我知道有你這麼一個人很久了，都是歐梵告訴我的。我知道你是知名學者的女兒，也相信「虎父無犬女」這句話，總把你想像成個厲害的角色。

早前一天我到華府拜見未來婆婆，因為她老人家八十多歲了，耳朵不靈，我張大喉嚨跟她說話，她仍然聽不見我的話，是我的普通話不準確抑或我的聲線太高呢？她的視力退化了，看得模糊，只好用手摸摸我的臉龐，對我算是有個大概的印象吧！對於此次會面我心中頓感忐忑不安。晚上約了你們一家見面，不期而然的心裡興奮起來了。

來到約定的飯店門口，你們夫婦倆，還有小兒子都早在那裡等著。我們點頭微笑之後，被侍應生帶進裡頭坐下。你率先伸出手來和我握手，口裡叫著：「玉瑩阿姨，我們早已久聞您的大名，知道歐梵叔叔有了您，身體好多了，爸爸媽媽和我都放心了。見到您真好，原來您還這麼年輕，我稱您阿姨，有點覺得把您叫得太老了。」我心裡想：怎麼會呢？我其實也不很年輕了，由你口中喊我阿姨，我倒不覺得自己老，你長相甜美可人，尤其是一把清涼的嗓子，聽來就像出自一個二十出頭的小姑娘嘛！更何況從來沒有人如此稱呼我，我感到分外親切呢。

席間，你不時招呼著我們，一時夾菜，一時添酒，還不停地瞄著我說：「我看歐梵叔叔也真聽您的話，人也越來越年輕了。」我聽著你說的話，欣賞著你的一雙清澈妙目，連我來前感到的不安都一掃而空了。飯後，你們駕車帶我們到附近的商店為歐梵母親買一些必需品，然後到你們家探訪。你和歐梵談論著你正在寫的書，你談話時的專注和謙遜的神態，學者風範表現十足，跟剛才吃飯時，像那鄰家女孩的格調，自是大大的不同了。臨別我們相擁了一下，拉著對方的手久久不放，從此我們經常通電話，成了很要好的朋友。

一般來說，我和歐梵的學術界朋友都不大談得攏，尤其是女學者，除了少數的幾位，你卻是少數中的例外。因為我們交談的內容很少觸及學術，更多談到的是女性的心情。我們都是同一類人：性情天真爛漫、好淡泊、不善鑽營、太敏感，又多愁善感（這是丈夫說我的），所以我倆特別相知。我知道你最想當個好媽媽、好妻子，但你在大學教書卻又是件十分吃力的差事。教學之餘還有一大堆行政工作，回到家裡更要做研究寫書，為了要拿長俸，非得過五關斬六將，辛苦經營才竟全功。這期間，你需要「閉門造車」，就要「拋夫棄子」，周末把兒子推給丈夫看管，自己躲在書房裡埋頭苦幹，幸好丈夫諒解，不然弄至家不成家，那才真苦哩！

好不容易書寫出來了，提交出版社審查，他們找來學者審閱，看看是否合乎出版的水平才可以通過。書出版了，又是申請長俸職位的時候了；申請手續繁複，先請多個校外教授評鑒，然後校內同事審核，最後交到學院，再送到校長室簽字通過，需時短則半年，長則一年，才得知結果。現在你正在這階段，你說：「我還在等待結果，真有點食而不知其味、寢不安席的感覺。」

根據我年來觀察所得，在美國當學者不易，做女學者更難。在學術圈子裡，仍然是以男性為主導，女性要爭取教席比諸男性困難多了。加以「男主外，女主內」的家庭倫理觀念，縱然在美國的開放社會裡，還是有跡可尋。婦女學者既要在學府裡跟男同事拚搏；回到家裡，又得主持家務及照顧兒女，所以對於她們來說，要當個成功的女學者，非要付出多於男性雙倍的體力和腦力，才可達到目的。我發現在眾多的女學者中，成功的固然不少，但往往婚姻都不會很幸福；反之，事業的成就可能會稍為遜色了。當然也有兩者兼備的，卻又是鳳毛麟角，難得遇上了。

去年，你不是剛巧遇上了事業跟婚姻產生了矛盾嗎？丈夫受聘於北京的分公司，薪金大幅上揚，職位大躍升，當然會受到異性的引誘。北京女人漂亮大膽，主動追求好條件的男子，是時有所聞的事情，你害怕丈夫被誘惑了，並非你不信任他，而是北京的女人太厲害了。你說如果你已經拿到長俸教席，倒不介意向校方辦個留職停薪，跟隨丈夫當少奶奶去了。偏偏你爸爸又贊成他遠就高職，什麼「男人志在四方」啦！年輕人應該趁機壯志高飛嘛！兩票對一票，你輸掉，他決定走了。如今交通發達，你教書假期又多，以後夏冬休閒之際，不愁沒見面的時間。

有天下午，你忽然來了電話，電話裡你沒了往日的清朗笑聲，有氣無力地說：「剛到機場送走了他，回到家來，四周空盪盪的，只聽見孩子的哭聲，令我心煩意亂，不知所措，我是個弱女子嗎？他才離開了幾小時，我就感到孤立無援。」你不想他離開的想法，我是可以理解的。我接著安慰你說：「你一點都不軟弱，你只是太感性罷了，你需要的是丈夫的支持及安慰。一個人帶著個五歲大的孩子，不是一件容易的事，遇上他生病了，你一定會感到擔心的是嗎？」你說：「我就是要當個好媽媽，但工作的壓力卻有時放鬆不得，我很需要找我的媽媽來幫忙一下。如果我有機會重新選擇，我會不生孩子，這樣會自在多了，我就羨慕你沒有孩子，生活過得多麼逍遙自在啊！」

又過了一些日子，你來了電話，喜孜孜地跟我說：「他在北京工作忙得很，下班後都待在家，我們每天通電話，他把雞毛蒜皮的瑣事都告訴我，連有女人巴結他的事都和我說，這倒讓我放下心來。如果他靜靜地去尋歡作樂，而對我不發一言，我又鞭長莫及，那就糟糕了。幸好他跟我無事不談，他要我信任他，他說極之重視我倆一手建立的家庭。」本來就是嘛！婚姻關係最重要的是彼此信任和尊重，一個獲得妻子信任的丈夫是不容易行差踏錯的。

那年（二〇〇三年）五月，暑假臨近，你早買了機票準備到北京去會夫。不巧，遇上北京「沙士」疫症流行，全城陷於水深火熱之中。有天你來電說：「過兩星期我就要去北京，那兒疫情火熱，我一樣會去呢！但我怕以後返美有麻煩，況且父母都反對我去。我不想把兒子帶去，請求父母代為看顧，他們覺得責任太大，堅決不肯答應。我們好不容易盼到這重聚的日子，我又怎可輕易放過呢？何況正當大難當頭之時，我不去跟他共患難，也太說不過去了，玉瑩阿姨！你說我該怎辦呢？」

我鼓勵你去，還是那一句：「禍福由天定」，你是個多情女子，上天不會虧待有情人。

又過了半年你從北京回美國，又給我來了電話：「這次到了北京，跟丈夫生活了一個月，每天閒著無事，跟附近的太太團見面了好幾次，我發覺自己和她們的想法很不一樣。我再沒有野心當個大教授，但也總慶幸自己有著一份事業，可以發揮自己所長，用不著跟丈夫的馬首是瞻過日子，未嘗不是一件樂事，偶然到那兒當他的花瓶是不錯的，長久了也不是我所願意的。」哦！當然嘍，你畢竟是個有學識的女人嘛，有理想、有抱負是應該的，誰敢說你是個弱女子呢？

其實女人有自己的事業是件好事，就算你將來拿到長俸職位，要跟丈夫到北京去，也需要找個大學教書，絕對不可以在家當少奶奶。這種生活短期是可以的，過久了會令你壯志消沉。終日把心思放在家庭雜事裡，你慢慢會變得心胸狹隘、語言無味，容易無事專找丈夫岔子，他會漸漸對你產生厭倦的心。有事業的女人會更有自信心，人也比較快樂。男人是種奇怪的動物，一方面他很喜歡妻子小鳥依人，但一旦妻子完全依靠他，他會感到壓力重大，無法喘息。遇到懦弱的男人，他會向外找尋出路——找婚外情，甚至離家出走的。我知道你不會喜歡閒著靠丈夫養活，我只是多嘴加上一些閒話而已。

沒想到現實證明了我的看法。你的事業一帆風順，而且又生了一個漂亮的女兒。多年後你在香港找到了一個很好的教授職位，你的丈夫也同時設法從北京調到香港，在另一間公司任職，全家搬來這裡，過著美好安定的生活，難得家業兩全。如今我們時常見面，你對歐梵和我照顧得像家人一樣好。

第四十八回　敏英雌　落葉總歸根

潘敏是三十五歲結的婚，身邊的好友早已結婚生子了，要請這批人都來個「闔府統請」，請酒人酒席費大失預算，來吃酒的人大掏腰包，這樣的事簡直是勞民傷財，結果弄至兩敗俱傷。潘敏為何不早點嫁人呢？她長得不醜，又有才幹，追求她的男人應該是為數不少吧？是她的眼光太高嗎？

其實潘敏遲婚是有她的理由：她是家裡眾多子女之中的長女，父親去世得早，母親對她特別有所寄望：企盼她大學畢業後，能夠幫忙扶掖一下弟妹的前途。碰上她又是個天生責任感強烈的人，因此母親給她的使命，她是義不容辭的。大學畢業後，她在一間英資機構找到一份優差：工資高，又有發展的空間，只是她得時常被遣出外公幹。她想：自己還年輕，辛苦一點沒關係，優厚的收入有多餘錢可幫助弟妹讀書，不是很好嗎？就這樣她日以繼夜地不停工作，不斷為公司開發新市場，上司對她日益倚重。這一份工作，她就到結婚時，已越十三個年頭，她的職位已升至副總經理。

潘敏婚前，的確是不乏追求者，但她一心想著賺錢養家，無暇跟他們玩感情追逐遊戲。況且這群追逐者裡頭，沒幾個是十分出色的人物；要嘛是油頭粉臉，要嘛是小眉小眼，老把目光放在金錢上面，更有的是大男人沙文主義者，知道潘敏位居副總經理後，多方打探她月薪幾何，然後自度職位、收入都比不上她時，就頹然引退。諸如此類的男人，潘敏是看不上眼的，她認為女人有本事能養活自己，不是一定需要結婚的，除非她遇上一位令自己十分傾心的男人再說吧。

歲月不饒人，匆匆地溜走了十幾個寒暑。那一個暑期，潘敏參加完最么的弟弟的畢業典禮，回到家裡卸妝梳洗預備上床睡覺，偶然看見自己的面容：眼角什麼時候長了魚尾紋來了？眼睛周圍還穩穩地泛著黑影，那是什麼呢？是長期睡眠不足的結果吧。嘴角原來是往上翹的，現在有微微向下拉的趨勢，唔！是了，這大概是牛頓所說的「地心吸力」的原理吧，糟了！再過三幾年，我的臉豈不會都走了樣兒？她越看越慌，越想越害怕。從那一天開始，她立下決心，一年之內要把自己推銷出去，她不是曾經擔任過公司的推銷部主任嗎？

為了實現自己的結婚目標，潘敏刻意打扮自己，以往上班前梳洗化妝十分鐘就完事，現在多花了十分鐘，晚上臨睡前，先選好第二天該穿的衣服。公司裡的同事也發現了，潘敏有點兒變了樣，卻說不出其所以然來。

雖然對她有興趣的男人仍然有的是，比諸從前是少多了，在有限的「供應」之下，她只好仔細地篩選，再也不敢隨意推掉約會了。倘若遇上條件稍為優越的男士，她願意跟他們多約見幾回，務求多增加了解的機會。況且以潘敏的聰明，不難明白男性的心態。她知道男人這東西，對於追求的對象，越難到手的則越來勁，反之則會一下子變得興趣索然。所以她參與玩這追求遊戲的時候，手法要拿捏得非常準確：何時進、何時退，必須純熟運用「市場策略」守則，如此才可做到知己知彼，百戰百勝。

果然，在她的積極經營下，潘敏成功地把自己推銷到結婚的市場上了。她的丈夫是個財務經理，跟她算是同行，在事業上，他倆可說是旗鼓相當。

婚宴上，親友都羡慕一對新人，真箇是珠聯璧合，佳偶天成，所有的讚語都用上了。如果他們的婚姻生活往後都一帆風順，如意吉祥，我這故事就說不下去了。由來好事偏多磨，潘敏婚後兩年懷孕生子，正想當個平常媽媽，卻患了不平常的產後抑鬱症，這種病看似不平常，其實是最平常不過的，尤其是首次生育的女性，加上是高齡產婦，生理一時調整不過來，就容易出問題了。或者用邏輯的推理法去看潘敏得病的因由，她從來就是個事業女性，慣於在辦公室裡運籌帷幄，一旦生了嬰兒在家休養，成天對著一個小東西，終日的工作是餵奶、換尿布、洗澡、睡覺，又不時被他的哭聲鬧到心緒不寧，夜裡起床兩三次餵奶，弄得她睡不安寐。這麼一來她的身心都失去平衡，情緒就出了偏差了。

尋常抑鬱症只要對症下藥就不難治好，偏偏潘敏她生成倔強、執拗的個性，不肯接受自己患病的事實，既不吃藥也不願休息，分娩假期完了就帶病回公司辦公。一份副總經理的職務何等繁重啊！她每天早上和各部門同事開會就花了三個小時，午飯又得約客戶談生意，下午辦理文件、寫報告、給客戶回電話等。這些事情過去她可以應付得頭頭是道，毫無困難，現在嘛，則頗有力不從心的感覺。集中力差了，記憶力迷糊了，未到下班時刻身體已感到疲累不堪，好想倒在辦公室桌上睡覺，午餐見著美食總是無法下嚥。最要命的是自信心沒了，跟客戶談生意大多是無功而還，回到家裡就跟丈夫鬧意見，往往是大吵大鬧一番才結束一天的生活。

直至有一天，她無法起床上班，才接受自己是真的生病了，而且病情不輕，於是四處張羅打聽該在何處找有經驗的心理醫生。皇天不負有心人，她遇到一位十分好的醫生，服藥一年之後，病情改善了不少，她再次回復了女強人的本色。但她的心理醫生提醒她說：「你的病仍然未完全康復，需要繼續服藥。最重要的事莫過於善待你自己，十多年來你背負起撫養弟妹的重擔，現在他們都長大了，你的責任也完了。人生在不同的階段裡，會有著不一樣的追求目標；你的事業已經到了頂峰，你是否應該把注意力放在自己的家庭裡？能夠做好媽媽的角色，也未嘗不是一項難得的成就，我希望你仔細地想想，我和你說的這番話。」

去年我在報紙上寫有關抑鬱症的專欄，文稿刊登出來後，每次都有超過十個讀者給我來電話或來信詢問關於抑鬱症的另類療法。潘敏留下電話號碼，我回了電話，也跟她見了面。幾次談話的過程，讓我對她的了解加深了。我知道她的病不會復發，因為她沒有停止服藥，她打算提早退休，做個全職的家庭主婦。我臨離開香港前，給她致電，她笑著說：「我現在是個全職煮婦，是煮飯的煮，每天看著兒子一天比一天長得高，我感到十分滿足。用著丈夫給我的附屬信用卡，那種前所未有的幸福感充滿了我整個人，令我睡著了都可以笑出來。」

她說得對，有丈夫的錢可用，就是幸福的女人，我與她有同感，我也無懼抑鬱症再復發。

第四十九回　雙姝愛　假鳳配顛凰

我與蕙文認識是通過她的情人關子謙。子謙是從我表親家結交到的朋友。那時節，大家都還年輕，喜歡參加派對。在場亂跳亂舞一番後，他要了我的電話號碼，之後自然地見了面，談天說地胡扯一陣也就散了。這樣的約會有過幾回，他大概有追求我的意思，但我這混沌未開的小妮子從沒把他放在心裡。過了一段日子，他感到乏味，也就對我灰了心。我們的緣分還未正式開始，就吹了，還好我們一直保持聯絡。

浸會大學畢業後，我赴美深造，期間結婚、伴讀，度過了十個寒暑，我們不曾見面。到我再次返港工作的時候，有天我在街道意外地遇見子謙，他告訴我他已經結了婚，也有了兒子。就憑著這次街頭巧遇，我們又重新結下友情。

有一天我們相約在銅鑼灣吃晚飯，他說他會帶一位朋友來給我認識。我問他那人是誰，他神秘兮兮的，不肯說出來，最後只加上一句話：「總之，她是個靚女，你一定會喜歡她的。」就這樣我見了蕙文的第一面。子謙說的沒錯，她可算是個美女，細白的瓜子臉，櫻桃小嘴配上兩排雪白的貝齒，少見的丹鳳眼。其實令我印象最深刻的是她的儀態，文雅中見素淡，真是人如其名哩！

吃飯回家之後，我立刻傳呼子謙，審問他蕙文是何許人也？他語氣陰惻惻地告訴我：「她是我的女友，我們在一起有兩年了，這是我的秘密，跟你介紹是信任你，也希望你可以和她交個朋友，讓她有個安心，給她多一種渠道了解我。」

沒想到後來我和蕙文果真成了好友，成了無話不談的知己。原來她也是個有夫之婦，結婚已有多年，只是沒有孩子，丈夫是個生意人，終日忙於工作，難有時間陪伴她。子謙跟她同在一間辦公室工作多年，平日見面的時間比見丈夫還要多，至於何時發生情愫呢？只是兩年多前的事吧！

有次我倆對面坐著，她一面啜著杯裡的奶茶，一面憂怨地說：「我之所以與子謙在一起，無非是在家太寂寞了，丈夫一天到晚在外應酬做生意，我又極之討厭跟他到外頭交際。下了班回到家，只是臉兒對著四堵牆壁，數著手指頭過了無數個冷清的夜晚。子謙也是個有家室的人，我們也只能在外面約會，通常吃個飯，到卡拉OK店唱唱歌消磨幾小時，聊勝於在家裡呆坐。但從別人手指縫流出來的一點感情，好似睡在醫院病床上針孔吊滴出來的鹽水，我遲早都會乾涸而死的！玉瑩我請教你，我該怎麼辦呢？你可以告訴我嗎？」她說著說著，眼淚不覺流滿一臉。但作為一個旁觀者、局外人，我又可以給她什麼意見呢？

時光溜走了一陣，子謙一天來了電話，他要見我，說有話和我談，他說：「我有點兒受不了她的脾氣，她越來越橫蠻不講道理。她明明知道我是有家室的男人，逢到大年大節，必定要回家報到的，怎可以陪她吃飯呢？上星期中秋節我沒法陪她，她就生氣了，對我不理不睬了一個星期。昨天我跟她打電話，被她臭罵了一頓，還哭著說要跟我分手，你說，我該怎辦？」

哎呀！又是同一個問題問我，我又不是活神仙，如何拯救得了這對情海中浮沉的癡男怨女？作為局外人看來，當然可以分手了斷算了，對於他倆來說，卻又是剪不斷理還亂的情緣啊！

蕙文還沒有理好跟子謙的情絲，卻先把丈夫的關係快刀斬斷了。她提出離婚，他給了她一筆錢，就此兩人不拖欠地結束了夫妻情分。沒料到蕙文做事對人也真夠俐落，離婚後不到半年，她辭掉了工作，計劃移民到澳洲。她把想法跟子謙說，希望他願意和妻子離婚，然後和她一起移民，重新建立兩人的生活。對於她來說無疑是最理想的抉擇，但子謙的想法又是怎樣的呢？她大概沒有料到他會說不，以為他們既然相愛，就應該放棄在香港的一切，跟隨她遠走高飛，雙棲雙宿地在異國過新生活。

她離港之前，我到機場送別，她含著淚說：「我萬料不到他竟然捨不得離婚跟我走，也罷！天涯何處無芳草？我走了，他好好過他的快活日子吧！」我勸她說：「子謙和我說過他的苦衷，他跟妻子提出離婚，但她硬是不肯，她說為了兒子有個完整的家庭，他們應該廝守在一起，更何況他不願意放棄這兒的高薪工作，在澳洲他可以做些什麼工作呢？要知道他的考慮或許要比你多呢？」

蕙文到了澳洲，初時來了封信，以後幾年，我們幾乎沒有聯絡。最大的原因是我自己的婚姻也出了問題，我獨自沉淪於無邊的痛苦之中而無法自拔。子謙也沒跟我聯絡，直至有一年的聖誕節，蕙文忽然來電，說她返港探望親人，急著要跟我碰頭。

啊！「十年生死兩茫茫，不思量，自難忘」，我經歷了五年的抑鬱症，自殺不遂，見到她時，心境特別淒涼。她看起來卻比以前漂亮了，人也長得較之從前豐腴，神態自若，笑嘻嘻跟我擁抱了一輪，泰然地說：「我實現了夢想，現在真的不需要工作而有人養我，每天除了吃飯睡覺，就打理園子裡的花草，我好開心！你知嗎？現在照顧我的人不是男人，卻是個女人，她就像個丈夫在外工作，我主持家務。沒想到女人的感情原來比男人來得可靠，我們無事不談，和夫妻沒有兩樣。」

我會意了，她在傷心失望之餘，遇上了一個知心的女友，就發展成同性戀情。說來雙性戀沒有什麼不好的，只是社會一般人還未完全接受而已。但感情這回事，純屬個人抉擇，又沒妨礙到他人的生活秩序，那又有何不可呢？蕙文之所以喜歡女性，我想是與生俱來的，而且她生性特別敏感，是那種對花感嘆、對月傷懷的女子，遇上的男人都令她傷心失望之餘，碰到了她現在的女情人，卻是死心塌地的對她好，跟她住在一起是十分自然的事。

據說子謙的妻子對他的這段婚外情也不再責怪他了，蕙文很為他的妻子抱不平。

第五十回　俏佳人　絕處竟逢生

在中學期間，我是一個非常害羞的人，很多時都愛待在家裡，當然也有好幾位以前提到過的好朋友，她們大多是中學同學，也都是香港人。但娟子是一個例外，她是個從南京來的女孩子，原籍北京，說得一口京片子，聲音甜美，而且長得十分漂亮。她告訴我她以前在南京的一間廣播電台當過播音員，主持過夜間的節目，接聽聽眾的來電，每晚四個小時，聽眾中有男有女，絕大多數是女性，他們非常踴躍地向她傾訴心情。她十分喜愛這份工作，可是壓力也很大，因為聽眾的故事大多是不愉快的多，聽多了連自己也陷進悲傷的心窩裡，時常令她徹夜難眠，久而久之她自己患上了抑鬱症。她認識我是在我分享自己抑鬱症的活動上，大概是同病相憐的緣故，我們第一次見面已經談得非常投契，好像已經認識了多年的好朋友。她告訴我現在搬到廣州來了，南京的工作已經辭掉了，因為她嫁到廣州，丈夫是她原來的一位聽眾，聽了她的節目，特別跑到南京去找她，要求怎樣可以幫助她克服抑鬱症。這男子長得英俊瀟灑，他們見了幾次之後，她竟然為了這位知音而心甘情願離開她心愛的工作，當然也放棄了幾十萬的聽眾。

試想一個北方女子到了南方，要適應新環境，從單身成了妻子，是一個莫大的轉變，這不是一件容易的事。加上結婚後要和婆家的人同住，守著許多規矩，更是難上加難，而且公公是當地一個有名望的人，親戚朋友眾多，逢年過節單是親友吃飯已經坐滿好幾桌。我自己也是廣州人，知道當地人的禮節特別繁複，誰人坐哪席都有嚴格的規定，不能有所偏差。她初到丈夫家裡，婆婆已經開始教導她該做些什麼，例如親戚生日應該送什麼禮物，一點都不能馬虎從事，這一切無形中給予她極大的壓力。況且丈夫是個孝子，事事聽從父母的話，當然她也是唯恭唯謹地做著一個賢良媳婦，一點都不可出錯。結婚初期是學習階段，自我改造一番還可以，因為她是一個好學的人，但時日久了，她感到越來越不開心。因為她是個自由慣了的人，加上個性特別強，單人匹馬闖江湖，開創自己的一片天地，一向是她給別人意見，現在要她聽別人的使喚，當然感到十分困難，可是為人妻子、為人媳婦是不能不做的，所以原來的抑鬱症越發嚴重了。更何況她丈夫不贊成她出外工作，她只好每天呆在家數手指，數來數去都是十隻，這樣的生活她實在受不了，雖然錦衣穿不盡，但她過得很乏味，自己的能力沒法發揮是她不能接受的。她充滿好奇心，愛到處遊歷，增加見聞，現在更是難做到了。新婚燕爾期間丈夫陪伴的時間比較多，後來逐漸少了，因為他是個商人，每天需要返回辦公室，或到外地出差，這麼一來她更感寂寞，而初到廣州交不上什麼朋友，更令她難受。幸好過了一年多後，她添了一個小女嬰，才感稍為欣慰。她到底仍然很需要多些時間見到丈夫，但丈夫事忙，每天朝夕見面是很難做到的事。

自從認識了我以後，她時有跟我聯絡，在電話中談談心事，有一次她特別到香港探望我，還請了一位普賢菩薩的聖像，我一直供奉在家，因為我們都是佛教徒，所以更加談得來。我記得那一次她來，我們在火車站見面，甫坐下她哭著對我說：「我的情緒病越發嚴重了」，因為她患上了產後抑鬱症，加上無聊的生活，她實在受不了。她想結束自己的生命，因為日子太難過，我當然勸她不要做傻事，她死了孩子誰照顧？她才打消了念頭。在往後的日子裡，我們見面的次數更多，我知道她的事情更多，原來她這麼堅強的性格背後是有一段傷心的家庭往事的。

於是她向我自述身世：「我出生在一個十分不健康的家庭，父母感情不好，父親是個文人，母親是個中學教員，他們在家時常吵架，我很不安。有一年的春節他們竟然把我留在家中，只留下一些食物，足夠我幾天的食用，那年我才只有六歲，我感到受遺棄，鄰居也沒有來照料我，我一個小女孩，呼天不應，叫地不聞，到他們回家也沒有問我過得怎樣，當然我不屑和他們說話。後來我父親賭博把錢全花光了，離家出走了，剩下媽媽和我。因為媽媽恨爸爸的緣故，也把我視為眼中釘，沒有給我好日子過，時常留我一個人在家，她獨自尋歡作樂去了，故此我在家庭得不到任何溫暖，養成了孤僻的性格。我對自己說，到了某一天，我一定會離開這個家庭，找尋自己的生活。到了我十五歲那年，就獨自到外面找了份工作，供自己讀書，生活雖然艱苦，但完成了中學課程之後，就找到南京電台的工作，因為我的努力，得到台長賞識，請我主持一個節目，而且是個有長俸保障的職位，雖然我受到很大的壓力，但我拾回了自信，發誓以後再不回家去。

我結婚幾年之後離異了，因為我太不快樂了，再維持下去，我會發瘋的，走時把女兒帶在身邊。雖然我並不知道以後的日子怎樣過，但我知道天無絕人之路，我相信我可以挺得過去的。南京的工作已有別人取代，我只好另尋出路，先把自己和女兒安頓下來再打算，我有信心比以前活得更好，起碼我可以為自己作主，再不需要仰人鼻息做人。我報名上了一門調酒的課程，到酒吧做個調酒師，把女兒交托一家人照管。到女兒上小學的年紀，我可以在工餘教導她功課，她是個乖孩子，用不著我太操心，這點是我的幸運。母女相依的生活，在平淡而愉快中度過，憂鬱早已離我而去，我專心做著調酒師。但是人生總是有苦難的，在我感到一切都不錯的當時，讓我煩心的事竟然發生了。有天我感到身體很不舒服，醫生檢驗後，告訴我患了子宮頸癌，已經到了第二期，我聽後感到擔心，我害怕自己有什麼三長兩短，女兒找誰照顧呢？我決定跟病魔搏命，一定不能被它打敗，於是若無其事地照常工作，一點都不受到影響，以免被病魔壓倒，因為患癌的關係，每天除了調酒之外，還去海灘游泳，這是我一向喜歡的運動，這樣做就是為了鍛鍊身體，在身體狀況沒有改善之前我是永遠不會放棄的。其實醫生勸告我不要過分消耗體力，以免把原來衰弱的身體弄得更糟，但是我並沒有理會醫生的吩咐，一直游下去。」經她自己不斷的鍛鍊下，身體狀況的確有了一些改善，就是因為她的堅持，直到現在為止，她依然活得很好！最後她對我說：「子玉姐，我要繼續努力下去，我要看著我的女兒長大成人。」我相信憑著她那驚人的意志力和毅力，她一定可以活下去，而且活得好好的。

她還告訴我一件好消息：她碰到以前在南京電台工作的同事，當時他們只是點頭之交，從來沒有坐下來談天，後來她到了廣州，就失去了聯絡。在她歷盡滄桑之後，有一次到杭州散心，在那裡她竟然遇上了這位舊同事，因為他是杭州人，放假回家省親，他帶著她到處遊玩，當然他們玩得十分開心。他倆越談越投契，原來他早已暗戀娟子，只不過沒有機會表白，這次重逢，真可謂天賜良機。他還帶她去看患病的母親，她當時帶了一盒廣州的月餅給他媽媽，老人家嘗到這種與杭州月餅味道很不一樣的食物，病也有一些兒起色，當然這位舊同事很感激。她在杭州的一個星期裡，他們幾乎每天見面，她告訴他自己有一個非常聰明可愛的女兒，他聽後十分高興，因為他從沒有結婚，自己沒有當過父親，很想體驗一下當父親的滋味，況且她現在有病，他覺得自己可以幫助她，分擔一點她生活的擔子。

到他們各自回到廣州及南京後，他們都有點懷念對方，很想有機會再見，但是她回廣州後，身體又感到很不舒服，他只好再等重見的機會，可是等啊等，日子似乎過得很慢，在無計可施之下，他終於向公司請了十天的假期，飛到廣州去探望她。他們見面之際，她感到十分高興，覺得他是一個忠厚可靠的好人，十分難得，而且女兒每天上課、下課都得有人接送，現在他來了，可以解決這問題了，於是他當了女兒的「護花使者」，女兒每次見著他，都顯得非常開心，可能這就是所謂的投緣吧！女兒很懂事，不想有病的母親太操勞，現在有了這位仁慈的叔叔代勞，這不是一件很好的事嗎？她告訴媽媽說：「我非常喜歡這個叔叔，如果他當我的爸爸，不是很好？」更難得的是，當娟子告訴他自己得了可能是絕症的子宮頸癌之後，他不但沒有退卻，而且向她求婚，何況她現在需要一個對自己和女兒好的男人，既可以當自己的丈夫，又可以照顧女兒，這幾乎是一件可望而不可求的事，竟然實現了！於是就在他停留一星期的最後兩天，他倆結婚了。他們結婚之後，離開了廣州那片傷心地，在山明水秀的杭州定居下來，後來又移居到雲南。

在他們沒有離開廣州之前，我和歐梵去看他們三人，女兒依偎在新爸爸的身邊，顯得十分開心。那晚我們在酒店吃了一頓豐富的晚餐，我恭賀娟子天賜良緣，送給她一個結婚禮物，是我母親多年前留給我的一瓶香水，臨走時我還跟她說：「娟子，你要好好活下去，至少活到跟我媽媽過世時的年紀，當你每次搽這瓶香水的時候，就會想到我對你的關切和祝福，猶如見到我一般，好嗎？」她早已把我當作她的親人，接到香水的當下，眼淚也流下來了，我也是，因為我同時想起我逝去的媽媽。

後記

李歐梵

老婆要我為這本書寫篇〈前言〉，我只答應寫篇〈後記〉。試問：這五十篇文章寫的都是女人，卻要一個「大男人」在書前張牙舞爪，豈不是大煞風景？雖然我有作丈夫的「特權」，但不能亂用，更何況還在面對部分女權主義的讀者？

我的老婆不是女權主義者，然而對於婦女特別同情。她的大部分知心朋友都是女人，而且有些女性朋友對她情同手足，見面說話或同行過街都要手拉著手，甚至有的還會揶揄我一句：「看你吃不吃醋！」我也照例回答：「絕不吃醋，只吃醬油。」

這本書中寫的大多是這類女人。她們都是子玉的好友，甚至有幾位還是她兒時的鄰居和中學或大學時代的同學，至今二三十年還保持聯絡。僅這一點我就做不到，因為我這個人太「君子之交淡如水」了，甚至多年老友同住一城，電話都很少打，而我家的電話，一向是老婆專用，除了電話還有手機。反正我的朋友也早已變成了她的朋友，而我的女性朋友更往往和她一見如故，引為知己。也有幾位我從沒有見過，屬於子玉的「客戶」，她從事保險行業十數年，屬於「資深」之輩，所以不少女性客戶也變成了她的朋友或知心，見面時無話不談，公私兼備。這種場合，我當然迴避，但偶爾也會被引見，因為她的客戶朋友很好奇，想一睹這個並非金龜婿丈夫的真面目。對我而言，這種機會更是難得，因為我藉此得以遠離學術的象牙塔，見識一下她們生活的真面目。

十幾年下來，我也逐漸領悟到一般女人如何「過平常日子」的滋味——如何咬緊牙關，受苦受難，而她們身邊的「大男人」，不少都去「包二奶」了，幾乎沒有一個「好人」。這種現象，早已是暢銷小說和大眾媒體的共同話題，而我這個長年躲在象牙塔裡的男人，竟然對之不聞不問。從子玉口中聽到她們的心酸故事，有的悲慘得令我難以置信，忍不住怒火中燒，為什麼女人不會上法庭去控訴？原因無他，至少在香港，這些被丈夫包二奶而變相被遺棄的女人，大多是家庭主婦，往往為了相夫教子而失去或放棄自己的事業。

總而言之，對我來說，莎士比亞的名言：「弱者，你的名字是女人！」已經不能適用，至今適得其反，應該改成：「強者，你的名字是女人！」即使是子玉的那些俗稱「師奶」的家庭主婦朋友，都需要無比的勇氣和毅力，才能維持一個家庭，甚至有的家庭主婦更須身兼二職，在外面也要打一份工，以補家用，更遑論那無數的離婚或單身婦女。

自從我們合寫過一本《過平常日子》以後，子玉突然發現她自己最喜歡寫作，而且寫時思潮回憶如泉湧，可以坐在書桌或餐桌前數小時筆耕不輟，「吾手寫吾心」，如入無人之境。我們在劍橋剛結婚時，我忙著教課，她閒來無事，竟然在三個多月期間完成了她自己的第一本書《細味人生——食物的往事追憶》，而且後來竟能在大陸、台灣兩地發行兩種版本，頗受歡迎，大陸版甚至還躋入廣州暢銷書行列。如果說這本書有什麼特色，我認為只有一個「真」字可以代表。她真情流露，下筆就不能自休。

此次她如法炮製，不到兩個月又寫完一本書，速度較前年更驚人，態度也更嚴肅，幾乎足不出戶，坐在桌前奮筆直書。按照以前寫的二十多篇，繼續快馬加鞭又寫了三十多篇，後來被我刪去幾篇，合成這本書，共五十回，內中一回有三個故事，所以合計有五十二個故事。

我不敢為吾妻吹噓，但這本書可能較《細味人生》更難寫，因為這次故事大都是別人的，都是真人真事，或有真憑實據。自己的事可以寫得很真，因為它只要出自內心，行文樸實，不作無謂的掩飾就行了。然而別人的真事卻要煞費苦心，除了存真外，還要保護別人的隱私，所以不得不改名換姓，甚至有時故事發生的地點和其他細節也要更換。但那份真情還是要保留下來的，我覺得其實是「雙料真情」——朋友的和子玉自己的真情。因此她才領悟到技巧的重要，但又要清洗技巧，不能以假亂真，處處要壓抑寫小說「造假」的衝動。我們的確談過小說技巧的問題，但是子玉不是一個學者或職業作家，對於技巧沒有什麼特別興趣，只知道平鋪直敘，為了存真，她在敘述者的「聲口」——用哪一人稱和口氣來敘述故事——煞費周章，最好玩的是，當我校對她的初稿時，發現她往往忘記誰在說故事，反正都是真人真事，除了保護當事人的隱私外，又何必用技巧包裝呢？這是一個無法立刻解決的矛盾。有時候她不自覺地套用了多年前看過的大量晚清小說的「俗套」寫法，在文本開端先交代「我」（作者表面上的自己）如何認識當事人，再以第一人稱的口氣敘述主人翁的遭遇，妙的是她故意把每篇故事加上文言的標題，大多是由七個字或八個字組成，我建議她乾脆用章回小說的慣例，把「章」改成「回」，她也接納了，因此為本書添加一點古典的色彩，彷彿是前人留下的紀錄，也似乎在暗示多年前發生在女人身上的慘事如今還在重複。

這本書是否能引起讀者——特別是女性讀者——的共鳴，只有讀者才能鑒定。子玉無意進窺文學的殿堂，也不想刻意包裝自己成為「通俗作家」，她更非職業作家。她真正的目的無他，就是為她多年來認識的女性朋友說幾句話，這些朋友既非名流，亦非「弱勢」群體，她們和你我一樣都是人，而人的故事還是最感動人的。

李歐梵

二〇二一年十一月一日於九龍塘

附錄：餐桌上的對話

李歐梵／李子玉

梵：老婆，你已經出版了好幾本散文集，為什麼現在要寫小說，而且是短篇小說？

玉：因為小說可以創造人物和故事，有更多的創意空間，我要做個像樣的作家，不能老是寫關於自己的散文，我試著寫小說，至少可以提高自己的寫作能力。

梵：寫短篇小說的難度很大，甚至吃力不討好，你不怕挑戰嗎？你以前常說自己沒有想像力，只能寫真人真事，知道最多、理解最深的還是自己和家人，例如你的外婆和媽媽。寫小說的話……

玉：小說也可以寫真人真事，甚至把自己也寫進去，這不就是所謂的寫實主義嗎？

梵：那麼，你寫的小說裡有多少是真人真事，有多少是「串」（假造）出來的？

玉：我怎麼知道？即便是假造，也大多根據真人真事；即便寫的是真人真事，為了尊重她們的隱私，我也必須加以化妝改造，每一個作家都是如此，這個你早知道。

梵：那麼，你覺得你的小說靠什麼吸引讀者？

玉：應該說，我的小說的主題是作為女人的經驗。我的故事的主角都是女人，而且香港的女人佔大多數，結過婚的女人又佔其中的絕大多數。所以我故意開莎士比亞的玩笑，因為他說過一句名言：「弱者，你的名字是女人！」我認為適得其反。

梵：我讀後的感覺是：你寫的大多數的女人，都經過一段受苦受難的悲慘經驗，她們之所以堅強，是生活磨練出來的。相較之下，男人就差多了，而且「大男人」居多，結婚之後往往出軌，甚至虐待妻子的也不在少數，難道都是你想像出來的嗎？

玉：當然不是。你還記得，多年前我在報紙上寫過一個專欄，有不少女性讀者經由報館和我聯絡，有一兩次我還受邀參加電台的受訪節目，也有不少聽眾打電話，雖然很多人問我關於抑鬱症的問題，但也有的人和我談她們的婚姻問題，甚至告訴我她們的私事。這些都成了我的寫作材料，但是我必須用虛構的方式寫，這樣才能為她們保密，但又不失其真。

梵：因此就牽涉到你的敘事結構和風格文體了。我發現你的短篇小說有一個形式上的特點，就是幾乎每一個故事開頭都有一個交代模式，有時候用第三人稱平鋪直敘，有時候用第二人稱「你」，彷彿作者暗中和主角在對話，也有用一種介紹性的敘事模子（narrative frame），交代作為敘述者的作者如何認識故事中的女主角，不是往年的同班同學就是在某某場合遇見的，於是一見如故，然後從這個女主角的口中敘述她的故事。這一個敘述的模子，在英國維多利亞時代的長篇小說中常見，晚清文人挪為己用，簡化了之後，用在他們自己的作品中，我上課時常用的例子就是吳趼人的那一篇講鴉片鬼的故事，題目都忘了。還有一點就是我覺得你的敘事語言混雜了不少文言，但有時候句子的結構又像是粵語，但不是這一代香港人說的廣東話，這種半文半白的寫法，也令我想起晚清小說。你當年在浸會大學唸的是中文系，不是選過著名作家徐訏的課嗎？

玉：他沒有教過晚清小說，當然教過五四新文學的小說和詩歌。我在大學時代喜歡看郁達夫的小說，還有徐志摩的詩，但更喜歡看台灣作家的作品，如白先勇、於梨華、王尚義、華嚴，當然還有張愛玲。其實我更喜歡古典文學中的詩詞歌賦，還有《紅樓夢》和《西廂記》。至於晚清小說，是到了芝加哥以後讀的，芝加哥大學的遠東圖書館藏有大量的晚清小說，我也看了不少，譬如《老殘遊記》、《二十年目睹之怪現狀》、《浮生六記》、還有《春明外史》……

梵：你也喜歡唐滌生寫的粵劇，例如《帝女花》？

玉：當然，我崇拜任劍輝和白雪仙，小時候就看她們演的電影，常常聽她們的唱片。

梵：也看翻譯成中文的西洋小說？

玉：我不看晚清翻譯的西洋小說，只看英文的原本，或者英文翻譯的法國和俄國小說，譬如托爾斯泰的《復活》，杜斯妥也夫斯基的《卡拉馬佐夫兄弟》，還有福樓拜的《包華利夫人》，還有《茶花女》。大多是在芝加哥的時候看的。

梵：為什麼看？

玉：喜歡裡面的人道主義，還可以順便學英文。

梵：你從這些名著中汲取小說技巧嗎？

玉：只要情節動人，技巧對我並不重要。

梵：你說你像內地作家殘雪一樣，「自動寫作」，但她寫的是「實驗小說」，而且是很自覺的，你好像很隨意，寫完了一字不改，也不看一遍就拿給我看，害得我花了很多功夫去琢磨你寫漏了或寫重複的字眼和句子。老婆，天下沒有像你這麼寫法的，你每天不停地寫，用手寫，稿紙很快就用完了，連原子筆也不知用了多少，彷彿有一個內在的力量在催你趕工，趕快把這一篇寫完，還要趕著寫下一篇。老婆，我真有點擔心，但又覺得你的這股寫作的動力太神奇了，像幾年前你突然要畫水彩畫一樣，竟然畫個不停，自成一格，後來還到好幾個地方展覽義賣，也許心情太過亢奮了，展覽完了，你的情緒一下子跌入深谷，抑鬱症復發，那是三年前的事了，到現在還沒有完全復原。但願你的寫作可以把你從憂鬱和焦慮的深谷帶出來……

玉：老公，你不用擔心，我不是說過：「強者，你的名字是女人！」嗎？

（二〇二一年九月十九日初稿，二〇二一年十一月三日修訂）

書名
女人，你的名字是強者。
作者
李子玉
責任編輯
劉穎琳
書籍設計
姚國豪

出版
三聯書店（香港）有限公司
香港北角英皇道四九九號北角工業大廈二十樓
Joint Publishing (H.K.) Co., Ltd.
20/F., North Point Industrial Building,
499 King's Road, North Point, Hong Kong
香港發行
香港聯合書刊物流有限公司
香港新界荃灣德士古道二二〇至二四八號十六樓
印刷
美雅印刷製本有限公司
香港九龍觀塘榮業街六號四樓A室
版次
二〇二二年二月香港第一版第一次印刷
規格
大三十二開（135mm x 200mm）三三六面
國際書號
ISBN 978-962-04-4933-8

JPBooks.Plus
http://jpbooks.plus
三聯書店
http://jointpublishing.com